리스본
15일의 자유

Lisbon, 15-Day Freedom

리스본
15일의 자유

글·사진 | 현새로

길나섬

십자가1, 24×24 inch, Inkjet print, 2020

Contents

02

03

돌지 않기 위해 밖으로 도는 '나'

아트 레지던시 프로그램에 참여한 이유는 단 한 가지다. 더는
밖으로 돌지 않으려는 생각 때문이었다. 거창한 예술적 목표나
포부 같은 건 없었다. 오로지 제정신으로 살아 내기 위해서였다.
떠나지 않으면 죽을 것 같다는 표현밖에는 할 말이 없을 정도로
갱년기 우울증은 심각했었다. 그 이유를 어찌 구구절절이 다 말
할 수 있으랴. 껍질을 벗기고 칼로 자르기 전에는 아기 엉덩이처
럼 뽀얀 복숭아에 밴 핏빛 상처를 발견할 수 없듯이 내가 앓는 마
음의 병은 그 누구도 알지 못했다.

2018년 바르셀로나에 있는 Jiwar Creation & Society에 갔
을 때가 생각난다. 나는 우연히 그곳을 찾았고, 두려움 없이 조금
씩 낯선 향기로 가득한 그곳에 빠져들어 갔다. 한 입만 살짝 맛보

려는 마음이었지만, 점점 그 향기로운 맛의 신세계에 빠져들 수밖에 없었다. 일상에서 완전히 벗어나 작업만 온종일 할 수 있는 세상이 존재한다는 것을 알고는 그 즐거움을 한 번으로 끝낼 수는 없었다. 초콜릿을 처음 맛본 아이처럼 나는 아트 레지던시에 머물면서 작업에 몰두했던 그 시간의 마력에 이끌려 새로운 프로젝트를 꿈꾸기 시작했던 것이다. 이번에 선택한 곳은 남부 유럽 국가인 포르투갈의 수도 리스본이었다. 리스본은 다른 유럽의 도시보다 물가가 상대적으로 저렴하고 겨울철도 기온이 영하로 내려가지 않아 그리 춥지 않다는 것이 가장 큰 매력이었다. 바르셀로나에 간 일은 도피하려는 생각에서 즉흥적으로 일어났다면 리스본에는 처음부터 계획하고 가는 것이라 마음은 새로운 프로젝트에 대한 기대로 가득했다. 서둘러 인터넷 검색을 하기 시작했다. 레지던시를 찾는 것에서 리스본의 명소나 역사에 이르기까지 전광석화처럼 빠르게 검색해 나갔다.

레지던시에 포트폴리오를 제출하고 허락을 받은 후부터는 리스본 검색 횟수가 빠르게 늘어나 어느 순간 인터넷을 켜면 리스본 관련 자료가 계속 뜨기 시작했다. 이를 두고 처음에는 단순히 리스본이 새로운 여행지로 부상한 것인가 하고 신기해했다. 그런데 점점 더 인터넷 화면에 리스본 자료가 넘쳐나자 그제야 나는 의심의 촉을 세우고 이러한 현상이 무엇을 의미하는지를 찾아보게 되었고, 그것이 바로 AI(Artificial Intelligence)라고 불리는 인공지능 알고리즘의 결과라는 것을 알게 되었다. 알고리즘(Algorithm)이라는 단어는 페르시아의 수학자 알 콰리즈미가 집대성한 연산 기술의 이름에서 유래하였다고 한다. 그의 라틴어 이름을 따서 지은 신조어가 바로 알고리즘인데, 1957년 영어 사전에는 실리지도 않았다고 한다. 이 새로운 컴퓨터 기술이 마치 내 마음을 꿰뚫어 보듯 리스본 관련 자료만 계속해서 추가해 보여주어 나를 인터넷상에 오래 머물게 한 것이다. 한마디로 나를 유혹해 자기들의 잇속을 채우려는 계획이었다. 그걸 인간이 아닌 기계가 하는 것이 다를 뿐이다. 좋게 생각하면 내가 예상하지 못했던 자료를 찾아 주는 개인 비서라고도 할 수 있다. 어차피 결정은 내가 하는 것이니까 자료가 많으면 많을수록 선택의 폭이 넓어 좋을 수도 있다.

이런 사실을 알고부터는 인공지능 알고리즘이 아무리 유혹해도 난 현명하게 그것을 무시하고 내가 필요한 정보만 추리게 되었다. 그렇게 포트폴리오를 보낸 후 마침내 레지던시가 유로 아틀라로 정해졌다. 그러나 입학 일정을 조율하는 과정에서 의사소통이 쉽지 않았다. 이메일을 보내면 1~2주가 지나야 답장이 왔다. 불안한 마음에 비행기를 예약할 때 리스본에 도착하는 시간이 무조건 낮이 되도록 노력했다. 혹시나 무슨 일이 생겨도 낮이면 크게 걱정할 일이 없기 때문이다. 원래도 내 여행 철칙은 비행기든 기차든 낮에 도착하는 것으로 일정을 잡는 것이었다. 그래야 돌발 상황이 발생해도 대처가 수월하기 때문이다. 그렇게 하려면 프랑크푸르트에서 1박을 해야만 했기에 추가 비용도 들었다.

2020년 1월 14일 오후 3시 15분, 인천을 출발해 프랑크푸르트에 도착했다. 그리고 그곳에서 하룻밤을 자고 다음 날 리스본에 도착했다. 무려 29시간이나 걸리는 일정이었다. 그렇게 어렵게 리스본 공항에 도착해 택시를 타고 레지던시 입구에 도착했을 때는 햇빛이 쨍쨍한 오후

레지던시 유로 아틀라 유리문에 비친 석양

1시경이었다. 공항에서부터 연락을 시도했지만 레지던시 담당자와 통화가 안 돼 불안한 마음이 없지 않았다. 그 예감은 빗나가지 않았고, 훤한 대낮에 도착해야 심각한 문제가 발생해도 당황하지 않고 해결할 수 있다는 생각이 옳았다는 것도 증명되었다. 리스본 공항에서 택시를 타고 무사히 레지던시에서 알려준 주소에 도착했지만 그곳은 그냥 건물 앞이었다. 아파트 이름만 알려 주고 동 호수는 안 가르쳐 준 격이었다.

커다란 여행 가방, 카메라 가방, 노트북 가방 등 3개를 건물 앞에 나란히 내려놓고 연락을 시도했지만 통화도 안 되고 이메일 답장도 없었다. 유럽에서 쓰는 메신저 왓츠앱(What's App)를 깔고 문자 메시지를 보내기도 했지만 묵묵부답이었다. 햇살은 화창하고, 이국적인 사이프러스 나무 사이로 멀리 타구스강이 보였다. 리스본에 있음을 실감했다. 하지만 이러다가 영영 숙소에 못 들어갈까 봐 걱정이 태산이었다. 이 멋진 풍경이 눈에 들어올 리가 없었다. 한참을 멍하니 앉아 무작정 기다려야 할지, 아니면 오늘 하룻밤이라도 묵을 숙소를 찾아야 할지 결정을 못 하고 있었다.

　바로 그때, 차에서 내려 건물로 들어가려던 한 남자가 다가와 무슨 일인지 물었다. 영어를 유창하게 하지는 못하지만 기꺼이 낯선 이방인을 도와주고자 하였다. 나는 이것저것 설명하고 내가 받은 이메일을 보여주었다. 주소는 맞는다고 했다. 거기 적힌 전화번호로 내가 몇 번을 해도 안 되던 통화가 그 남자의 핸드폰으로 걸었을 때는 신기하게도 되었다. 알고 보니 나는 유로 아틀라 스튜디오 바로 앞에 앉아 있었다. 세상에나! 나는 바로 그 유리문 앞에 앉아 있었던 것이다. 유리문에는 희미하게 유로 아틀라(Euro Atla)라는 이름이 적혀 있었다.

　레지던시 담당자가 바로 나와서 문제는 해결되었다. 알고 보니 나와 연락을 주고받았던 직원이 급하게 퇴사하는 바람에 인수인계가 잘되지 않아 문제가 꼬였던 것이었다.

　그처럼 친절한 리스본 사람을 만나지 못했다면 난 어떻게 되었을까? 리스본이 좋아지기 시작했다. 그렇게 리스본 프로젝트는 시작되었다.

01

시작된
젝

유로 아틀라 레지던시에 포트폴리오를 보내 놓고 가장 먼저 한 일은 그곳이 리스본 어느 곳에 있는지를 찾아보는 것이었다. 구글 지도로 확인해 보니 바르셀로나처럼 시내와 가깝지 않았다. 3D로 건물을 자세히 살펴봤을 때는 실망스럽기도 했다. 너무나 평범한 아파트 형태였기 때문이었다. 바르셀로나가 서울 종로구 혜화동에 있는 고풍스러운 한옥이라면 리스본은 미아리에 있는 한 동짜리 아파트처럼 느껴졌다. 아주 좋은 조건은 아니었지만 완전히 시내를 벗어나지는 않아서 그나마 마음이 놓였다. 숙소 주변을 좀 더 확대해 보며 살피던 중 아주 특이한 것을 발견했다. 숙소에서 걸어갈 있을 정도의 곳에 공동묘지가 있었다. '알토 데 사웅 주앙 공동묘지(Cemitério do Alto de São João)'였다. 이 공동묘지를 보자마자 나는 프로젝트 주제를 정했다. 한순간도 망설일 이유가 없었다. 죽음에 관한 이야기를 해 보고 싶었다. 언젠가는 나도 가야 할 죽음이라는 길과 공동묘지라는 물리적인 소재를 다룬 이야기는 인생의 숙제 같은 것으로 다가왔기 때문이었다.

사춘기와 갱년기를 관통하는 단어는 죽음이다. 중2병을 앓던 사춘기 시절, 나는 내용도 이해하지 못하면서 키에르케고르의『죽음에 이르는 병』을 도서관에서 빌려 읽었고, 양손 가득 돌을 주머니에 넣은 채 강물 속으로 걸어 들어간 버지니아 울프의 생애를 동경했다.『댈러웨이 부인』을 빌리려 하자 도서관 사서는 읽어도 이해하지 못할 거라고 했었다. '의식의 흐

십자가 2, 24×24 inch, Inkjet print, 2020

십자가 3, 24×30 inch, Inkjet print, 2020

름(Stream of Consciousness)' 기법으로 유명한 난해한 소설이어서 중학교 2
학년 학생인 내가 그 책의 내용을 온전히 이해하기란 불가능한 일이었
다. 설사 완독을 못 하고 이해도 안 된다고 하더라도, 영어로 된 제목을
소리 내어 읽는 것만으로도 뭔가 다른 세상으로 옮겨 가는 기분이었다.
내용을 완벽하게 소화하지 못할지라도 그것을 이루는 단어를 혼자 조
용히 발음해 보면 그 단어가 내 몸의 일부가 된 것 같았다. 내가 영어를
전공하게 된 첫 번째 요인이 팝송보다 이 단어가 먼저일 것이다. 이해
하지 못하면 어떠랴. 그 단어는 이미 신비한 마법의 주문처럼 내 뇌리
에 각인되어 있으니 말이다. 그녀의 책을 들고 있는 것만으로도 그 안
에 든 모든 활자가 내 머릿속으로 이식될 것만 같았으니 그것으로 충분
했다. 사춘기를 지나고 나서 죽음은 특별한 단어에서 보통의 명사로 바

꿰었다. 삶은 계속되었고 한동안 잊었던 죽음이라는 단어가 엄마의 죽음과 갱년기를 통해 부활했다. 엄마의 죽음을 겪기 전에 모든 죽음은 피상적인 남의 일이었다. 제아무리 안타까운 죽음도 그저 가을이 되면 떨어지는 잎처럼 자연의 한 현상일 뿐이었다. 붉은 피처럼 화사하게 피었다가 24시간 만에 누에고치처럼 쪼그라드는 히비스커스꽃처럼 놀랍기는 하지만 그건 특별한 일이 아닌 지구 어디에선가 매일 반복되는 일상이었다. 매일 피고 지는 꽃처럼. 철저히 내 일상에서 배제된 남의 인생일 뿐이었다. 나는 그런 일상과는 전혀 상관이 없는 사람인 양 눈과 귀를 막고 살다가 엄마의 죽음을 맞이하게 된 것이다. 엄마가 불사신도 아닌데 나는 왜 엄마의 죽음을 예상하지 못했을까? 아니 예상은 했었다. 그저 인정하고 싶지 않았을 뿐이다.

구글 지도로 처음 만난 숙소 근처에 묘지가 있다는 사실 하나만으로 나는 리스본 프로젝트의 주제를 정한 것이다. 공동묘지에 가서 사진을 찍으면 저절로 죽음의 문제를 해결할 것만 같았다. 갱년기 처방으로 여성 호르몬 약을 먹으면서 심각한 자살충동은 없어졌기 때문에 죽음과 정면 승부를 겨룰 수 있을 것만 같았다. 리스본 사람들이 죽음의 의식을 어떻게 치르는지 알고 싶어졌다. 숙소에서 가까운 알토데 사웅 공동묘지를 시작으로 리스본 시내 서쪽의 프레저러스 공동묘지, 영국인 공동묘지, 독일인 공동묘지를 돌아보며 작업을 했다. 죽음은 일상이며 완성이다. 왜 하늘나라로 간다고 했을까. 죽음은 인생의 무게를 지구상에다 내려놓고 가벼운 몸으로 다른 세상으로 가는 것을 의미한다. 죽음은 그래서 편안하다.

십자가 4, 24×30 inch, Inkjet print, 2020

천사1, 40×40, inch, Inkjet print, 2020

알토 데 사웅 공동묘지
사후세계까지도 이어지는 빈부격차

리스본은 서울보다 8시간 느리다. 리스본이 아침 7시면 서울은 오후 3시다. 시차 탓에 나는 리스본 시각으로 저녁 8시부터 새벽 2시까지 잠이 들었다가 1시간 간격으로 자다 깨기를 반복했다. 시차에 적응하기까지는 시간이 걸리는데, 어느 정도 익숙해질 무렵이면 서울로 돌아와야 한다. 덕분에 나는 늘 새벽 4~5시경에 잠에서 깨어나 사진을 정리하고 블로그에 올렸다. 그리고 이렇게 정리한 자료는 서울에서 원고를 작성하는 데 큰 도움이 되었다.

창문의 검은 기운이 서서히 사라지고 희미한 빛이 새어 들어오는 7시에 숙소를 나서서 리스본 동쪽에 있는 알토 데 사웅 공동묘지(Cemitério do Alto de São João)를 향해 걸었다. 숙소에서 두 정거장 거리였다. 리스본에서 처음 맞이하는 아침이었다. 어디선가 기괴한 닭 울음소리가 들려 왔다. 이 울음소리는 새벽마다 나를 깨우는 자명종이 되었다. 현관문을 나서면 건물 앞에서 사이프러스 나무 세 그루가 경비원처럼 버티고 서 있고, 그 사이로 보이는 타구스강 위로 눈 부신 태양이 떠오른다. 언덕을 천천히 올라가면서 뒤를 돌아보면 멀리서 기차가 지나가고, 은빛 물결이 출렁이는 타구스강이 바다처럼 시원하게 펼쳐져 있다. 바르셀로나의 골목과는 사뭇 분위기가 달라 처음에는 적응이 잘 안되었다. 너무나 현대적인 리스본의 모습이 왜 그렇게 낯설게만 느껴지는지…. 그렇게 상념에 사로잡혀 공동묘지에 도착했다. 30분이 걸렸다. 그러나 묘지로 들어가는 문은 굳게 닫혀 있었다. 공동묘지는 24시간 열려 있을 것으로 생각했는데 그렇지 않아 조금 당황스러웠다. 적어도 동이 틀 무렵에는 열지 않았을까 생각했는데 개방시간은 오전 9시에서 오후 5시까지였다. 우리나라처럼 산속 깊은 곳에 있었다면 낭패였겠지만, 다행히 사람 사는 동네에 묘지가 자리 잡고 있어서 주변을 구경하며 아침을 먹을 곳을 찾아 나섰다. 운이 좋게도 가정식 아침을 하는 곳을 만나 맛있는 수프를 먹을 수 있었다. 볼수록 신기한 것은 죽은 자들의 땅인 공동묘지와 산 자들의 삶이 펼쳐지는 주택가가 너무 가까이 있다는 점이다. 4차선 길을 사이에 두고 두 개의 세계가 평화롭게 공존하고 있었다.

구글 위성지도로만 보다가 처음으로 공동묘지에 들어갔다. 입구는 전혀 공동묘지 같지 않았다. 제일 먼저 눈에 들어오는 것은 일렬로 늘어선 나무와 조각상, 성당이다. 10개의 권역으로 나뉘어 있어 다양한 크기의 묘가 존재한다. 처음에 들어왔을 때는 공동묘지가 아니라 독특한 건축물의 미니어처 세계에 발을 디딘 것 같은 느낌이었다. 묘지 초

입에는 유명 인사나 재력가 집안의 무덤이 있었는데 호화로운 석조건물을 독채로 쓰고 있다는 인상을 주었다. 성당을 중심으로 좌우가 나뉘어 있어서 입구에서 멀어지면 멀어질수록 무덤의 크기는 작아지고 최종에는 납골당 형태의 무덤이 있다. 이 공동묘지가 설립된 이유를 알게 되면 공포가 밀려온다. 1817년 인도에서 시작된 콜레라 대유행이 1826년 리스본까지 덮쳐 수많은 사람이 죽었다고 한다. 이 공동묘지는 콜레라로 수많은 사람이 사망했던 1833년에 조성되었다고 하니 187년 동안 리스본 시내 동쪽에 있는 시민들의 마지막 안식처 역할을 해온 것이다.

첫날 공동묘지에 갔을 때의 느낌이 생생하다. 전혀 다른 차원의 세상으로 들어간 것 같았다. 우리가 알던 서구식 공동묘지와는 달라도 너무 달랐기 때문이다. 보통은 무덤 위에 십자가나 묘비석으로 조성돼 있지만, 리스본의 공동묘지는 생전의 집을 축소해서 놓은 듯했다. 규모만 작지 화려한 조각상과 건물의 아름다움은 현실의 집과 다르지 않았다. 묘지는 워낙 넓어서 구역별로 나뉘어 있었다. 첫날에는 그 신기함에 빠져 3시간 넘게 걸어 다녔는데 어느 순간 온몸에 힘이 빠지면서 더는 안 되겠다는 신호가 왔다. 어차피 15일 내내 출근하듯 아침저녁으로 가서 촬영할 생각이었기에 급할 필요는 없었다. 죽음의 정령들이 사는 곳을 다녀서인지 숙소에 돌아왔을 때는 꼼짝할 수 없을 만큼 지쳐버렸다. 도저히 오후 촬영을 나갈 수가 없었다. 결국 촬영 계획을 수정했다. 하루는 오전 촬영, 그다음 날은 오후 촬영을 하기로 하고 나머지 반나절은 리스본 시내를 구경하기로 했다.

경계 1, 24×24 inch, Inkjet print, 2020

두 번째 날 다시 갔을 때 새로운 사실을 알게 되었다. 공동묘지 정문 가까이에 있던 크고 화려한 건물들은 부자나 유명인들 전용이었다. 공동묘지 안쪽으로 들어가 거의 구석에 이르자 가난한 자들의 무덤이 나왔다. 단출하게 비석만 있는 작은 무덤이 있거나 우리나라 납골당처럼 된 곳도 많았다. 사후세계까지도 이어지는 빈부격차는 세상 어디를 가도 변하지 않는 모양이다.

세 번째 방문했을 때는 정말 영화 같은 풍경이 펼쳐졌다. 묘지 전체를 짙게 감싼 안개가 1940년대 흑백영화에서 보았던 음산한 분위기를 자아내 카메라를 압도했다. 오래전에 본 영화 '제3의 사나이'가 떠올랐다. 스파이 영화의 고전이면서 유럽의 겨울 분위기를 잘 묘사한 영화였다. 사진을 찍으면 셔터를 누르는 동시에 결과물이 예상되는 경우가 있다. 내가 원했던 바로 그 사진이라는 것을 본능적으로 알아차리는 것이다. 그날의 분위기와 느낌으로 알 수가 있다.

그날은 마치 내가 꼭 거기서 촬영해야 할 운명인 것처럼 완벽한 환경이었다. 나 혼자 있었지만, 많은 스태프가 공들여 준비를 마치고 내가 찍어 주기만 기다리는 것 같은 생각이 들었다. 더는 이곳을 찍지 않아도 될 것만 같았다. 앞으로 더 못 찍는다고 하더라도 큰 미련이 없을 것 같았다. 최소한 내가 보여주고자 하는 리스본의 공동묘지 풍경은 모두 다 찍었다는 생각이었다.

그리고 며칠이 지나서 두 번째로 또다시 완벽한 순간이 찾아왔다. 그때는 오후에 촬영을 하러 갔다. 하늘은 UV 필터를 끼워 놓은 듯 맑고 투명했다. 멀리 출렁이는 타구스강의 물결이 보일 만큼 시야가 확 트였다. 내가 보여주고 싶은 것은 산 자와 죽은 자의 거리였다. 겨우 담벼락 하나를 두고 죽은 자는 말없이 누워있고, 산 자는 매일 죽음처럼 깊은 잠을 자다가 해가 떠오르면 밤사이 죽어 있던 영혼을 추슬러 하루를 시작한다. 양치질을 하며 베란다 밖을 보아도, 버스를 타고 바삐 출근하는 사람들 속에서도 죽은 자의 모습을 볼 수 있다. 그렇게 선명하게 삶과 죽음이 공존하는 모습을 보여주기에는 맑은 날이 제격이었다. 따스한 햇살은 죽은 자의 무덤에도, 살아 있는 자의 집인 빨간 지붕 위로도 내리쬐고 있었다. 존재하는 모든 것이 햇빛을 받아 반짝거렸다. 그렇게 삶과 죽음이 한 공간에 있었다.

그날 처음으로 묘지와 일반 주거지의 경계인 아래쪽 끝까지 가 보았다. 그곳에는 방금 조성된 것 같은 묘지도 있었다. 내가 작업을 하는 동안에도 죽은 자는 조용히 자신의 거처를 마련했던 것이다. 시간은 단절된 게 아니라 끊임없이 흘러가는 강물처럼 연결된 것이다. 그날은 묘지에서 오랫동안 서성였다. 맑은 날씨 덕분인지 그렇게 힘들게 느껴지지 않았다. 묘지의 정령들이 나의 존재에 익숙해져서일까? 죽은 자의 영혼들도 오랜만에 나처럼 따스한 햇살을 받으며 미소를 짓고 있는 것만 같았다. 묘지에서 일하는 사람들의 모습도 관찰하고, 그곳에서 살아가는 고양이들의 모습도 사진에 담으며, 일반적인 관광지에 놀러 온 듯 걸어 다녔다. 첫날에 느꼈던 머리를 짓누르는 고통 같은 것은 느껴지지 않았다. 마음이 타구스 강물처럼 잔잔해졌다.

경계 2, 24×30 inch, Inkjet print, 2020

십자가 5, 24×24 inch, Inkjet print, 2020

십자가 6, 24×24 inch, Inkjet print, 2020

십자가 7, 24×24 inch, Inkjet print, 2020

내가 태어났을 때 나는 울었고

내 주변의 모든 사람은 웃고 즐거워하였다.

내가 내 몸을 떠날 때 나는 웃었고

내 주변의 모든 사람은 울며 괴로워하였다.

『티벳 사자의 서』에서 발췌

십자가 8, 24×24 inch, Inkjet print, 2020

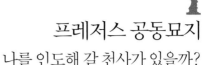

프레저스 공동묘지
나를 인도해 갈 천사가 있을까?

사웅데 공동묘지가 리스본 동쪽 시민들을 위한 것이라면 프레저스 공동묘지(Cemitério dos Prazeres)는 서쪽에 있는 가장 큰 묘지다. 1833년 콜레라로 죽은 사람이 얼마나 많았으면 도시 양쪽에 이처럼 거대한 묘지를 만들었을까.

이곳의 공동묘지는 관광지로 많이 알려져 있다. 리스본 주요 관광지를 관통하는 28번 트램 종점일 뿐만 아니라 영화 '리스본행 야간열차'의 주인공이 찾아가는 곳이기도 하다. 리스본을 이야기하면서 이 영화와 책을 빼놓을 수는 없다. 나는 영화를 먼저 보고 리스본에 갔다 와서 책을 보았다.

2014년에 개봉한 영화는 관객이 100만 명도 안 되었으니 흥행에 성공한 것은 아니었다. 영화에서는 지루한 일상을 보내고 있던 한 남자의 일탈 같은 느낌이 많았는데 책에서는 전혀 그렇지 않았다. 독재로 얼룩진 포르투갈의 현대사와 리스본 시내의 모습을 인문학적으로 세밀하게 써 내려간 서사시처럼 느껴졌다. 500쪽이 넘는 방대한 분량의 소설 곳곳에 작가의 철학이 녹아 있었고, 인간이라면 느끼게 되는 인생에 대한 질문을 하고 있었다. 생각하고 또 생각하게 하는 책이었다. 문장 하나하나에 깊이가 있어서 쉽게 진도가 나가지 않았다. 이 책에 나오는 구절을 길게 인용하고자 한다. 이 구절 안에 책의 성격과 프레저스 공동묘지의 분위기가 다 담겨 있기 때문이다.

48

"다시 한 번 묘비를 훑어보던 그레고리우스는 억센 담쟁이넝쿨에 반쯤 가려진 기단의 비문을 발견했다. 독재가 하나의 현실이라면, 혁명은 하나의 의무다. 그렇다면 여기 프라두의 죽음은 정치적인 것이었을까? 독재를 종식시킨 카네이션 혁명은 1974년 봄에 일어났다. 그러므로 여기 누워 있는 프라두는 그 혁명을 알지 못했다. 비문은 그가 저항운동을 하다가 죽은 듯한 느낌을 주었다. 그레고리우스는 책을 꺼내어 프라두의 사진을 들여다보며 생각에 잠겼다. 그럴 수 있겠군. 그의 얼굴, 그가 쓴 글의 억눌린 분노와 저항운동은 서로 잘 어울리는 것 같았다. 무기를 들고 살라자르에 대항한 시인이자 언어 신비주의자….."

이곳에는 리스본의 유명한 시인인 페소아와 파두의 국민가수 아말리아 로드리게스의 무덤도 있었다. 그리고 특이한 사실이 하나가 더 있다. 이곳에 유럽에서 가장 큰 개인 묘지가 있다는 것이다. 1849년 건축가 호세 시나티(Jose Cinatti)가 지은 것으로 팔메라(Palmela) 공작 가문의 묘다. 묘지가 얼마나 큰지 그의 가족 200여 명과 그들이 부리던 하인까

십자가 9, 24×30 inch, Inkjet print, 2020

지 같이 묻혀 있다고 한다.

　이곳 역시 죽음과 삶의 경계가 그저 벽 하나뿐임을 실감하게 한다. 공동묘지 앞의 삶이 너무나 평온해서 죽음의 기운을 전혀 느낄 수가 없다. 특히 리스본 공항에 착륙하려고 비행기가 낮게 날아가는 모습은 신기할 따름이었다. 고도가 워낙 낮아 항공사 로고가 선명하게 보였다. 죽은 영혼이 하늘로 올라가는 과정이라고 생각한다면 이보다 더 좋은 조건의 공동묘지는 없을 것이다. 죽음의 신이 보내주는 비행기를 타고 다른 차원으로 이동하는 과정이라고 생각하고 싶다. 그렇다면 결국 나는 사후세계를 믿는 것인가. 종교가 있지도 않으면서 내세를 믿는다는 것은 모순이다. 인간이 지닌 근본적인 공포, '존재의 부재'를 두려워하

십자가 10, 24×24 inch, Inkjet print, 2020

는 것인가.

　이곳에서는 작업의 방향을 좀 더 구체적으로 생각해 보았다. 무엇을 찍을 것인가? 전반적인 묘지 전경도 중요했지만 그것만으로는 부족했다. 묘지를 설명해 주는 무엇인가가 필요했다. 자세히 보니 사이프러스 나무가 유난히 많았다. 알토 데 사웅에서는 활엽수도 간간이 보였지만, 이곳에서는 하늘 높이 쭉쭉 뻗은 사이프러스가 대부분이었다.

　케빈 홉스와 데이비드 웨스트는 그들의 책 『나무 이야기』에서 사이프러스 나무는 묘지의 수호자로 죽음과 관련된 나무라고 했다. 이집트에서는 사이프러스 나무로 죽은 사람의 관을 만들었고 그리스에서는 죽은 병사의 유해를 사이프러스로 만든 관에 넣어 보관했다고 한다. 이뿐만 아니라 아테네 사람들은 슬픔의 표시로 사이프러스로 화관을 만들기도 했고, 시신을 화장할 때 사이프러스 나무를 태워 그 연기로 소독을 했었다. 그래서인지 묘지에는 대부분 사이프러스 나무가 심겨 있다. 이런 모습은 유럽이나 무슬림 국가에서도 볼 수 있다.

　처음에는 무덤과 사이프러스 나무를 한 화면에 담으려고 했다. 사이프러스 나무 사이로 비행기가 지나가는 장면을 포착하고는 희열을 느끼기도 했다. 이 장면을 찍기 위해 한곳에서 30분 이상 기다렸다가 비행기 소리가 멀리서 들려오면 만반의 준비를 하고 셔터를 눌렀다. 하지만 만족스러운 사진이 나오지 않았다. 매일 갈 때마다 몇 번을 시도했지만 내가 표현하고자 하는 사진은 건질 수가 없었다. 내가 가지고 있는 사진기 핫셀 블러드 503 CWD는 저장만 디지털이지 작동하는 방식은 완전히 수동이기 때문이다. 또한 사이프러스 나무는 채도가 단일하고 잎사귀의 밀도도 높아 가까이서 찍으면 지나치게 단조로웠다. 멀리서 그 윤곽만 잡아내는 게 훨씬 수월하다는 것을 몇 번의 시도 끝에 알게 된 것이다. 그렇게 넓게 촬영 계획을 세우다가 조각상들이 눈에 들어왔다. 대부분 오래된 십자가 아니면 지붕 꼭대기 위에 있는 천사들의 모습이었다. 서양에서는 천사가 하늘에서 내려와 죽은 자의 영혼을 데리고 하늘나라로 인도한다는 생각에 천사의 모습과 십자가 위주로 촬영을 했다.

포르투갈 국민의 80프로가 가톨릭 신자라서 그런지 공동묘지는 칼을 차고 있는 미카엘 대천사 모습이 많이 보였다. 미카엘 대천사는 하나님의 군대를 이끌고 사탄과 싸우기도 하고, 죽음의 순간에 나타나 죽은 자의 영혼을 하늘나라로 인도해 간다고 한다. 나 홀로 죽음의 순간을 맞이하는 것이 아니라 천사가 나를 기다리고 있다는 생각을 하면 죽음은 공포가 아니라 다른 세계로 넘어가는 하나의 과정일 뿐이다. 나는 비록 가톨릭 신자는 아니지만 죽음을 안내하는 천사의 존재와 내가 힘들 때마다 내 곁을 지켜주는 수호천사가 있다는 교리는 단순하게 받아들인다. 그렇게 소주제가 정해지자 작업의 속도는 더욱 빨라졌다. 무엇을 찍을지 정해지지 않았을 때는 리스본 프로젝트를 제대로 해낼 수 있을까 하는 막연한 불안감이 있었지만 그 결정을 내리고 난 후에는 공동묘지를 향하는 발걸음이 가벼워 졌다. 카메라에 앵글에 가득 담긴 천사의 모습은 리스본 프로젝트 내내 나의 수호천사가 되었다. 천사들의 모습을 찍으며 이상하게도 마음이 편안해졌다. 작업에 대한 압박감도 사라지고 마음에 여유가 생겼다.

천사 2, 40×45, inch, Inkjet print, 2020

천사 3, 40×40 inch, Inkjet print, 2020

천사 4, 40×40 inch, Inkjet print, 2020

천사 5, 40×40 inch, Inkjet print, 2020

천사 6, 40×40 inch, Inkjet print, 2020

천사 7, 40×40 inch, Inkjet print, 2020

천사 8, 40×40 inch, Inkjet print, 2020

천사 9, 40×40 inch, Inkjet print, 2020

덧없는 삶의 유혹에서 벗어나라.

자만심으로부터 무지로부터

어리석음의 광기로부터 속박을 끊어라.

그때 비로소 그대는 모든 괴로움에서

완전히 벗어나리라.

『티벳 사자의 서』에서 발췌

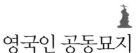

영국인 공동묘지
내 묘비명은 무엇으로 할까?

리스본에 가기 전에는 숙소에 있는 공동묘지 한 곳만 집중적으로 촬영하리라고 마음먹었었다. 그러나 리스본을 여행하면서 서쪽에도 같은 시대에 지어진 공동묘지가 있고, 여행 막바지에는 영국인 공동묘지가 있다는 사실도 알게 되었다. 시작은 그렇게 간단하게 했지만 촬영할 곳은 점점 다양해졌고, 그 사실에 희열을 느꼈다. 길은 내가 가고 싶은 대로 열린다는 사실을 확인했기 때문이다. 뭐든지 일단 시작하고 나면 전혀 예상치 못한 결과가 나오니 완벽하게 계획하지 못했다고 불안해할 필요는 없다. 감자 줄기를 잡아당기면 줄줄이 감자가 달려 나오듯 일도 마찬가지라는 생각이었다.

처음에는 영국인 공동묘지가 있다는 사실을 너무 늦게 알아서 걱정을 했다. 촬영할 시간이 없을까 봐 염려되었기 때문이었다. 그러나 그 규모가 워낙 작아서 다 둘러보는 데 1시간도 채 걸리지 않았다. 비록 규모는 작지만 포르투갈의 공동묘지와 확실히 구분될 만큼 달라서 흥미로웠다. 어떻게 보면 영국인 공동묘지가 우리가 그동안 알았던 것과 비슷하고 포르투갈식의 공동묘지는 전혀 낯선 스타일이라고 볼 수 있다. 영화나 다큐멘터리에서 주로 본 서양의 공동묘지에서는 끝없이 펼쳐진 십자가가 나오는데 리스본은 그것과 달리 작은 건물로 이루어졌기 때문이다. 리스본 한복판에 영국인만을 위한 묘지가 따로 있는 건 순전히 종교적인 이유다. 가톨릭 국가인 포르투갈에서 영국 성공회 교인들은 성당에 묻힐 수가 없었다. 그 차별이 너무 심해 심지어는 바닷가 근처에 시신을 묻기도 했다고 한다. 이 문제를 해결하려고 1654년 크롬웰과 포르투갈의 주앙(Joao) 4세가 협약을 맺었지만, 실제로는 1717년이 돼서야 이곳이 진정한 영국인 전용 묘지가 된 것이다.

64 영국인 묘지를 설명하는 안내 책자의 글을 옮겨 보면 다음과 같다.

"영국인 공동묘지는 리스본에서 잘 알려진 비밀스러운 장소의 하나다. 높은 담과 백 년도 넘은 나무들이 탑처럼 묘지 주변을 감싸고 있었다. 이 공동묘지는 규모는 작고 눈에 잘 띄지도 않지만 리스본에서 가장 로맨틱한 장소의 하나인데 거의 알려지지 않은 녹색의 자연이 아름다운 공간이다."

묘지를 로맨틱한 장소라고 한 표현이 특이하다. 어떻게 하면 묘지가 로맨틱한 장소가 되는 걸까? 이 안내 책자 제목이 '리스본의 비밀'이다. 연인들에게는 비밀스러운 장소가 로맨틱할지도 모르겠다. 하긴 묘지에 전혀 어울리지 않는 새빨간 의자가 놓여 있기도 하다. 런던의 공

영국 소설가 헨리 필딩의 추모 비석.

중전화부스나 우체통 색깔과 비슷한 빨간색이다. 그 의자에 앉아 사랑하는 연인과 인생의 의미를 이야기할 수 있는 것 자체가 낭만적인 일인지도 모르겠다.

리스본에 있는 영국인 공동묘지를 설명할 때 가장 처음 나오는 이야기가 바로 영국의 소설가 헨리 필딩(Henry Fieling)이다. 우리에게는 그리 많이 알려진 작가는 아니다. 나 역시 영국문학사를 배울 때 18세기 대표 작가로만 알고 있을 뿐 그의 작품을 읽어 본 적이 없다.

영국인이 그가 왜 이렇게 머나먼 타국 땅에 와서 묻혔을까. 영국의 겨울 날씨는 환자들에게는 좋지 않아 부유한 사람들은 겨울이면 남유

IN LOVING MEMORY
OF
WILLIAM DUFF
HUSBAND OF ANNIE DUFF KING
BORN IN GREENOCK MAY 9, 1850

럽으로 여행을 가는 경우가 많다. 대부분 이탈리아나 스페인, 그리스로 겨울을 나러 가는데 헨리 필딩은 포르투갈로 요양을 온 것이다. 1754년, 런던에서 포르투갈까지 그 먼 길을 왔는데 겨우 몇 달 만에 그는 47세의 나이로 요절했다고 한다. 그의 묘비명은 박영만이 쓴 『인생열전: 묘비명으로 본 삶의 의미』에도 나와 있다. 그가 어디에 묻혀 있는지 정확한 위치는 알 수 없다고 한다. 하지만 그의 묘를 찾는 사람이 하도 많아서 영국인 공동묘지에서 그의 묘를 안내하는 표지판까지 설치했다고 한다.

그의 묘를 보면서 나의 묘비명은 무엇으로 할까 하는 생각을 해 보았다. 나는 이미 화장해서 바다에 뿌려 달라고 했으니, 묘비를 세울 공간이 필요 없다. 리스본에 돌아와서도 그 생각은 떠나지 않았다. 묘비명을 어떻게 쓸까. 마치지 못한 숙제처럼 머릿속을 맴돌던 묘비명이 어느 날 갑자기 떠올랐다.

내가 죽은 뒤 나의 에스엔에스(SNS) 계정은 어떻게 될까? 화장을 하고 묘도 세우지 말라고 했으니 묘비명을 새길 물리적인 공간은 없지만 인터넷의 내 계정에다 묘비명을 쓸 수도 있지 않을까? 나의 죽음을 알리는 글을 올려야 하지 않을까.

다른 계정은 그냥 유행을 따라 대충 관리하는 것이라서 크게 상관하지는 않지만, 네이버 블로그에서만은 나의 존재 여부를 알리고 싶다. 나 역시 인터넷상으로 자주 소통하던 이웃의 소식이 업데이트가 안 되면 궁금해진다. 내 이웃의 몇 명쯤은 그런 생각을 할 것도 같다. 거의 매일 올라오던 글이 왜 안 올라올까? 이곳은 인터넷상에 있는 내 집과 다름이 없다. 예전에 살던 신림동 언덕집처럼, 눈에 잘 띄지 않는 평범한 동네 골목 어딘가에 있을 법한 아주 일반적인 집과 다르지 않다. 한때 등기부 등본상의 내 집이었던 물리적인 공간은 또 다른 누군가에게 넘어가 나의 권리가 사라지겠지만 오히려 손에 잡히지도 않는 인터넷 속의 내 집은 그 누구도 제거하지 못할 것이다. 이곳에 나의 묘비명을 어떻게 쓸지 곰곰 생각하다가 여름 장마철에 원고 교정을 하면서 불현듯 묘비명이 생각이 났다.

"빅뱅으로 우주가 끊임없이 팽창하듯 나도 먼지가 되어 우주 끝까지 날아가리라. 다시는 지구로 돌아올 수 없게 멀리멀리 떠나갈 것이다."

여기에 어울리는 배경음악은 에바 캐시디(Eva Cassidy)가 부른 'Fields of Gold'다. 이 음악의 배경으로 쓰일 동영상은 육십이 넘은 다음에 만들 예정이다. 그 나이가 되면 나의 삶의 윤곽도 어느 정도 잡히지 않을까. 내 인생을 송두리째 바꿔버릴 일이 육십이 넘어서 생길 가능성은 희박할 것이다. 설사 조금씩 달라진다 해도 그리 큰 변화는 없을 것이다. 오히려 조금씩 바뀐다면 그만큼 내 인생은 지루하지 않다는 의미니까 좋은 일이고, 그 변화의 기록을 그때마다 약간 수정하면 될 것이다. 동영상 화면은 좀 더 생각해 봐야겠다.

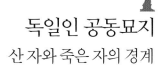

독일인 공동묘지
산 자와 죽은 자의 경계

리스본에 있는 공동묘지 중 제일 마지막으로 찾아간 곳은 독일인 공동묘지다. 완전히 주택가에 자리 잡고 있어서 그 근처에서 오다 가기를 수차례 반복하다가 발견했다. 입구를 찾았다고 끝이 아니었다. 아무리 봐도 초인종도 없고 문은 너무 무거워 밀어도 꿈쩍도 하지 않았다. 대문 앞에서 난감해하는 나를 멀리서부터 보고 계셨는지 바로 옆을 지나가시던 할머니께서 문 여는 법을 알려 주셨다. 문고리 안에 동그란 손잡이를 앞으로 잡아당기면 된다고 하셨다.

할머니는 분명 포르투갈어로 말씀하셨지만 나는 그분의 동작을 통해서 다 이해할 수 있었다. 손잡이를 몇 번을 잡아당겨도 문을 열지 못하는 나를 본 할머니가 문 앞을 지나가다가 말고 뒤를 돌아보더니 더 세게 잡아당겨야 한다고 하셨다. 이 모든 일이 순식간에 벌어졌는데 어떻게 소통할 수 있었는지 신기하기만 하다. 몸짓언어가 말보다 우선할 수도 있다는 사실을 알고 있긴 했지만 그게 가능했다는 것도 믿기지 않았고, 한참이 지난 지금 생각해 봐도 할머니의 고마운 마음이 잊히지 않는다.

그렇게 우여곡절 끝에 들어간 독일인 공동묘지는 리스본에서 규모가 제일 작은 곳으로, 일반 주택과 담벼락을 공유할 만큼 산 자들과 함께 있었다. 이곳은 니콜라스 베렌트 슐리크(Nicolaus Berend Schlick)라는 이름의 독일 사람이 개신교회에 3,000m²의 땅을 헌납하여 1822년 문을 열었다고 한다. 전체적으로 보면 영국인 공동묘지와 비슷해서 크게 특이한 점은 없었다. 묘지 네 곳 중에서 리스본 시민의 주거지와 가장 가깝다는 게 특징이라면 특징이다. 다른 곳은 그래도 벽과 벽 사이에 길이 있는데 이곳은 아예 그런 것이 없다. 현재 사는 사람들의 주택이 그냥 공동묘지의 벽이다.

Dein
Leben war Liebe,
Glueck und Treue.
Frau KAETHE UMBREIT
★ 3. 2. 1905
† 7. 9. 1940.

경계 1, 24×24 inch, Inkjet print, 2020

경계 2, 24×24 inch, Inkjet print, 2020

천사 10, 40×40 inch, Inkjet print, 2020

천사 11, 40×40 inch, Inkjet print, 2020

생과 사의 사슬을 끊어라.

어리석은 삶으로 빠져드는 이치를 알고

그것을 끊어 버리라.

그때 비로소 그대는 이 지상의 삶에 대한

욕망에서 벗어나게 되어

고요하고 평온하게 그대의 길을 걸어가리라.

『티벳 사자의 서』에서 발췌

경계 3, 24×24 inch, Inkjet print, 2020

02

742번 버스 타고
리스본 여행하기

모든 것은 우연의 산물이다. 계획되지 않는 여행을 즐기는 나는 일부러 여행 전에 꼼꼼히 갈 곳을 조사하지 않는다. 그저 도시가 나를 이끄는 대로 발길을 옮길 뿐이다. 그 때문에 742번 버스를 타고 리스본을 구경할 계획은 생각지도 않았다. 어쩌다 보니 아침마다 742번 버스에 몸을 싣고 리스본의 거리를 호흡하고 있었다. 마치 오랫동안 리스본에 사는 사람인 양 착각하면서 나도 그들처럼 행동하고 있었다.

매일 아침 7시 30분께 집에서 나와 742번 버스를 타고 직장에 출근하듯이 사진 촬영을 했다. 버스를 타고 가다가 문을 연 카페가 보이면 그곳에 내려 커피와 빵으로 느긋하게 아침을 먹었다. 공동묘지 문은 9시에 열리니까 서두를 이유가 없었다. 희한한 것은 리스본 시민 대부분은 서서 에스프레소 한잔을 홀짝 마시고는 자리를 뜬다는 것이다. 하긴 아침 출근시각에 맞추려면 어쩔 수 없을 것이다. 나야 시차로 인해 새벽에 일어나 여유만만하게 아침을 즐길 수 있었지만 말이다. 그렇게 리스본의 일상을 향유하면서 아침을 먹고 공동묘지로 촬영을 나갔던 것이다.

버스 안에서 벌어지는 일상이 리스본 시민들의 평범한 모습이었다. 그곳에서 그들의 배려심과 상호 존중을 느낄 수 있었다. 노인과 어린이에게 기꺼이 자리를 양보했고, 도움이 필요한 사람에게는 손을 내밀어 주었다. 리스본이 아름다운 이유는 이런 사람들 때문이다.

이러한 평범한 일상에도 나름대로 규칙이 있다. 처음에는 좀 안 좋은 기억이 있었다. 그 이야기를 내가 블로그에 쓴 날것 그대로 여기에 옮겨 본다.

742

매일 아침 742번 버스를 탄다. 버스 안에서는 정말 다양한 일이 벌어진다. 거동이 불편한 노인이 버스에 잘 올라서지 못하자 그 뒤에 서 있던 젊은 여성이 노인을 밀어서 버스에 올라타게 해 주었다. 앞자리는 무조건 노약자들을 위한 자리다. 경로석이라고 아무런 표시가 없어도 사람들은 아주 자연스럽게 노약자가 타면 바로 자리를 양보한다. 피곤한 척 눈을 감은 사람도 없다. 심지어 유치원 아이가 타도 뒷자리에 앉은 사람들이 자리를 비켜준다.

그리고 중요한 것 하나가 있다. 버스 정류장에서 기다릴 때는 먼저 온 사람이 먼저 탄다는 관습법 같은 게 있다. 이 사실을 처음에는 잘 몰라서 민망한 일을 당하기도 했다. 버스를 타려고 기다리고 있었다. 버스가 달랑 한 대만 오는 것도 아니고 우리나라 M버스처럼 버스 번호 앞에서 줄 서 있는 것도 아니다. 누가 무슨 버스를 기다리는지 어찌 알겠나. 그냥 습관처럼 버스를 타려고 하자 할아버지가 손으로 세차게 나를 밀었다. 자기가 먼저 정류장에 도착했으니 버스를 먼저 타야 한단다. 난 할아버지가 버스 정류장에 먼저 와 있었는지 알지도 못했다. 버스에 자리가 넘쳐나는데도, 한 줄로 나란히 서 있었던 것도 아닌데도 말이다. 그러고는 나보다 먼저 와 있던 흑인 청년에게 뭐라고 한다. 그 청년이 나보다 먼저 온 것은 알고 있었다. 아마 네가 먼저 탔어야 한다는 말인가 보다. 당연히 그 청년은 아무렇지도 않은 표정이다. 참, 어이가 없네. 리스본의 규칙인지…. 어디에 가나 이상한 사람은 있으니 앞으로 조심해야겠다고 생각했다. 오늘 아침에 이 사건이 있고 나서 버스 탈 때는 늘 주의했다. 서울에서도 연세 있으신 분이나 어린아이가 타면 거의 먼저 타라고 양보하는 편이었는데 이번에는 할아버지를 보지 못했다. 아무튼 다른 곳에서 버스를 타려고 가장 먼저 정류장에 도착해 기다리고 있는데 할머니 두 분이 오셨다. 버스가 도착하자 나는 할머니들이 먼저 타기를 기다렸다. 그러자 할머니가 자기가 먼저 타도 괜찮냐는 식으로 물어보았다. 나야 당연히 손짓으로 먼저 타시라고 했다. 이것이 리스본의 법인가 보다. 그야말로 관습법 같았다. 젊은이들은 그다지 신경 쓰지 않는 것 같은데 중년 이상은 신경을 쓰는 모양새다. 엊그제도 이와 비슷한 일이 있었는데 사람이 많아서 그냥 넘어갔었다. 그때 내게 뭐라고 했던 사람은 중년 여성이었다. 로마에 가면 로마법을 따라야 한다. 내일부터는 버스에 탈 때 되도록 더 천천히 타야겠다. 그런데 아무리 내가 지역버스를 타고 다녀도 동양인은 나밖에 없다. 희한하다. 지난번에 말했듯이 노인들이 정말 많아 의자에 앉을 때는 꼭 뒷좌석에 앉아야 한다. 여기서도 젊은이들이 노인분들에게 좌석을 양보하는 것을 자주 봤다. 거동이 불편할 정도로 연세가 많으신 분이 타면 저절로 일어나게 된다. 그런 분이 어쩌다 한 명이 아니니 속 편하게 뒤로 가야 한다.

그날 참으로 당황했던 기억이 난다. 그전까지 리스본의 이미지가 너무나 좋아서 그랬던 것도 같다. 지금 생각해도 그 할아버지가 그렇게까지 심하게 밀칠 필요가 있었을까 싶다. 아마 그분은 내가 새치기라도 하는 것처럼 느끼셔서 그랬던 것인지 모르겠다.

버스 여행은 이래서 더 흥미롭다. 그 지역의 풍습을 좀 더 자세히 알수가 있다. 서울에서 약속장소에 갈 때면 늘 버스를 이용해서 그런지 리스본에서도 버스가 참 편했다. 6.9유로짜리 일일 패스를 사면 버스나 지하철을 무제한으로 탈 수가 있었다. 몇 번을 갈아타도 가고 싶은 곳은 어디든지 갈 수 있으니 예산을 절약하기 위해 머리 아프게 고민할 필요가 없었다. 버스를 네 번 이상 갈아타고 리스본에 있는 힌두교 사원에 다녀온 적도 있었다. 그날은 길을 잃어버려서 열두 번 이상을 갈아타야 했다. 그래도 전혀 버스비 부담이 없었다. 잘못 내려도 그냥 바꿔 타면 되니 당황스럽지도 않았다. 그렇게 버스를 타고 리스본 시내를 종횡무진 자유롭게 활보하고 다녔다.

아줄레주 박물관 *(Museu Nacional do Azulejo)*

아줄레주, 아랍어인 'azzelij'는 '빛나는 작은 돌'이라는 뜻으로 도자기를 의미한다. 포르투갈의 아줄레주 역사를 알 수 있는 박물관이 1509년 레오노르 여왕(Queen D. Leonor)에 의해 건축된 성모 수도원 (Convent of Madre de Deus) 건물이어서 그런지 버스 정류장 이름이 아줄레주 박물관 앞이 아니라 성모교회 앞이다. 오래된 수도원과 내부에 있는 타일 예술품을 보존하기 위해 1916년 아줄레주 박물관을 세웠다고 한다. 풍부하고 화려한 건축 장식이 특징인 마누엘 양식(Manueline)으로 지어졌고 이후 바로크 양식의 장식이 추가되었다. 15세기 이후 포르투갈 특유의 타일 예술과 그 변천사를 살펴볼 수 있는 곳이다. 16세기에 지어져서 그런지 많이 낡아 고대 유물처럼 보이기도 한다.

무어인이 페르시아에서 장식 타일을 보고 그것을 다양한 형태로 발전시킨 것을 다시 포르투갈인이 재창조해서 아줄레주라는 특유의 타

타일로 장식된 카페에 앉아 커피를 마시며 아줄레주를 느껴 본다.

일 문화를 꽃피우게 되었다. 다양한 문양과 색상으로 장식된 이 타일은 1755년 리스본 대지진 후 수요 급증과 산업화와 맞물려 더욱더 발달하게 되었고, 그 덕분에 지금도 리스본 공공건물이나 일반인 주택의 벽에서 쉽게 접할 수 있고, 여러 가지 문화 상품으로 개발되어 관광객들의 마음을 사로잡고 있다.

박물관에는 16세기 타일부터 20세기 현대적인 타일까지 아줄레주의 역사를 볼 수 있는데 우리가 전혀 상상할 수 없었던 타일 작품이 많다. 그리고 이곳을 방문하게 되면 마지막에 꼭 들러야 할 곳이 있다. 바로 박물관 안에 있는 카페다. 박물관만 구경하고 그냥 가면 박물관에

성당의 스테인드 글라스를 연상시키는 화려한 타일문양.

가지 않은 것이나 마찬가지다. 카페에서 커피를 한잔하거나 즉석에서 갈아주는 오렌지 주스를 마셔야만 여행이 끝나는 것이다. 바쁘다고 그냥 가면 관광만 한 것이지 여행을 한 게 아니다. 그럴 거면 그냥 화질 좋은 동영상으로도 충분하다. 관광이 그저 보기만 하는 것이라면 여행은 호흡하며 느끼는 것이다. 말 그대로 나그네가 되어 그곳의 정취까지 받아들이는 것이다. 마치 18세기 어느 부유한 집의 주방 같은 곳에서 아름다운 타일에 둘러싸인 채 차 한잔을 마셔야 아줄레주의 본질을 느낄 수 있다. 박물관에 전시된 작품들이 과거형이라면 카페에서 만나게 되는 아줄레주는 현재형인 것이다.

굴벤키안 박물관 *(Museu Calouste Gulbenkian)*

96

　　영생을 얻을 방법이 있다면 무엇일까? 그것은 무덤을 호화찬란하게 만드는 것이 아니라 재산을 기부하는 것이다. 무덤을 만들지 않아도, 자손들이 돌보지 않아 무덤에 잡초만 무성해도 기부한 곳에서는 그의 이름이 영원히 남기 때문이다. 돈이 천문학적으로 많으면 영생의 길은 더욱더 완벽하다. 게티 미술관의 폴 게티, 구겐하임 미술관의 솔로몬 구겐하임처럼 말이다. 리스본에도 이런 곳이 있다. 클라우스 굴벤키안이 만든 굴벤키안 박물관이다. 이 박물관은 1970년 영국인 석유업자이자 수집가였던 C. S. 굴벤키안이 자신이 설립한 재단 내에 만든 것으로, 그가 수집한 수많은 진귀한 소장품을 전시하고 있다. 1970년대 지어진 건물답게 매우 현대적이며, 리스본 시내에서는 좀처럼 보기 드문 시멘트 건물이다. 당시 유럽에서 시멘트를 외장재로 유행처럼 사용한 영향이 크다. 대표적인 것이 런던의 사우스뱅크 복합문화 단지다. 그래서인지 굴벤키안 미술관은 리스본의 외딴 섬 같다. 박물관 조경도 동양적인 분위기를 물씬 풍긴다. 목련, 동백나무, 심지어는 대나무 숲도 있다. 굴벤키안 박물관을 소개하는 책자에서 특이한 설명을 보았다. 포르투갈의 독재자 살라자르가 통치하는 시절에 박물관이 유일하게 중립적인 태도를 취하면서 자유를 대변하는 전시를 하기도 했다고 전했다. 포르투갈에도 독재자가 있었다고? 우리는 그만큼 포르투갈의 현대사를 잘 모른다. 대항해 시대에 식민지 제국을 건설한 나라로만 포르투갈을 기억하고 있을 뿐이다. 이곳은 레지던시 주인장이 강력하게 권해서 간 곳이었다. 여기도 당연히 카페가 있다. 카페에서 먹은 단호박수프는 정말 맛있었다. 이곳을 오며 가며 세 번 정도 들렀다. 오후에 갔을 때 커다란 나무 밑 벤치에 누워 세상을 온몸으로 느끼고 있던 사람이 인상적이었다. 한 인간이 열심히 노력하여 재산을 증식했고, 그 재산으로 이런 멋진 박물관을 만들어서 수많은 사람에게 휴식과 평화와 감동을 안겨주고 있는 것이다. 멀고 먼 동양에서 온 여행자에게 즐거운 추억도 선물해준 덕분에 그의 이름은 한글로 활자화될 것이다.

아말리아 로드리게스 공원 *(Jardim Amália Rodrigues)*

100   이 공원은 에두아르두 7세 공원 끝자락에 자리하고 있다. 1996년에 완공되었을 때는 그냥 에드와르두 7세 공원의 한 부분이었지만, 2000년에 새로운 이름이 붙여졌다. 세계적으로 유명한 파두 가수인 아말리아 로드리게스가 1999년 10월 6일 사망하자 국민가수였던 그녀를 기리기 위해 이름을 바꾼 것이다. 이름이란 이렇게 중요하다. 에드아르두 7세 공원 구석에 평범하게 있던 장소가 아주 특별한 곳으로 재탄생한 것이다.

관광객은 대부분 시티관광버스 집결지인 폼발 동상 근처에만 갈 뿐 한참을 걸어 올라가야 하는 이 공원은 지나치기 쉽다. 산에 오를 때 고도가 조금씩 높아지면서 새로운 풍경이 나타나듯 이곳도 마찬가지다. 이곳에서 시작해 에두아르두 7세 공원을 지나 리베르타 아베니 명품 거리를 구경하고 코메르시우 광장까지 가는 코스를 잡으면 반나절 만에 리스본의 주요 관광지를 거의 볼 수 있다. 파리의 샹젤리제와 비슷한 리베르타 아베니 코스의 문제는 명품거리를 걷다가 세일이라도 하는 가게를 만나면 서울보다 훨씬 싼 가격에 마음이 흔들려 예기치 않은 지출을 할 수도 있다는 것이다. 모든 유혹을 뿌리치고 공원에 도착하면 명품보다 더 멋진 풍경을 선물로 받을 수 있다. 리스본 시내를 말 그대로 한눈에 굽어볼 수 있다. 이곳에서 또 잊지 말아야 할 곳은 연못 앞에 있는 카페다. 커피 한잔과 떨어진 당을 보충해 줄 초콜릿 한 개면 충분하다. 공원의 꽃은 유명한 이의 동상도 아니고, 이국적인 꽃도 아니고. 공원을 산책하며 휴식을 취하는 시민들이 잠깐 머물 수 있는 카페다.

공원 바로 옆에는 742번 버스 정류장이 있는데 이곳의 매력은 특이한 사진을 찍을 수 있다는 것이다. 리스본 도심 한복판에서는 비행기가 이착륙을 하기 위해 고도를 낮추는 광경을 볼 수 있는데, 버스 정류장에 앉아 하염없이 버스를 기다리다가 우연히 커다란 비행기가 내 앞으로 지나가면서 건물 옥상에 착륙할 것만 같은 장면을 보면 재미와 스릴이 느껴진다. 고도가 얼마나 낮은지 버스 정류장에서 앉아 손을 흔들면 그 안에 있는 승객들이 나를 보고 손을 흔들어 줄 것만 같았다. 그 장면을 찍기 위해 일부러 버스를 여러 대 그냥 보내기도 했었다.

리스본국립교도소 *(Cadeia Nacional de Lisboa)*

104 　　프레저스 공동묘지에 갈 때면 이곳을 지나게 된다. 눈에 띌 수밖에 없다. 디즈니랜드 영화에 나오는 공주가 살고 있을 것 같은 분홍색의 고색창연한 성의 모습이기 때문이다. 저 성안에는 누가 살고 있을까? 리스본에서 가장 부자인 사람? 대대손손 이어오는 명문 귀족? 현실은 정반대다. 정식 명칭은 '리스본국립교도소', 감옥이다. 흉악한 범죄자들이 사는 곳이다.

　　Richardo Julio Ferraz가 설계해서 1874년에 문을 연 이 감옥은 다양한 시설을 갖추고 있다. 474개의 감방, 2개의 타워, 26개의 작업장 등등이 있다. 가장 신기한 것은 혐오시설의 하나인 교도소가 도심 한복판에 있다는 점이다. 서울과 비교하자면 독립문이 있는 곳에 146년 동안 교도소가 자리 잡고 있는 것이다. 나는 이곳을 거의 매일 두 번 볼 수밖에 없었다. 오전이나 오후에 프레져러스 공동묘지에 가느라 이곳을

범죄자를 수용하는 곳이라고는 믿어지지 않는 교도소 외관.

지나쳐야만 했고, 어쩌다 공동묘지에는 가지 않더라도 742번 버스를 타고 여행하느라 이 분홍색 건물을 보지 않을 수 없었기 때문이다. 그 때마다 도대체 이 분홍색 성이 무슨 건물인지 궁금한 마음이 들었다. 지도를 살펴보고, 포르투갈 사전을 찾아본 결과 이곳이 교도소라는 사실을 알고는 아연실색할 수밖에 없었다. 흉악한 범죄자들이 수용된 건물이 저렇게 예쁜 분홍색 성이라니…. 디즈니 영화에 나오는 공주가 있을 것만 같은 환상적인 성이 교도소라는 사실이 믿기지 않았다. 미리 허락을 받으면 교도소 안을 구경할 수 있다는 사실은 서울에 와서야 알

게 되었다. 설사 리스본에서 그 사실을 알았다고 해도 가볼 용기는 없었겠지만 말이다.

이 교도소 사진은 아침에 가서 한 번 찍고 저녁 무렵에 가서도 촬영한 것이다. 아침에 갔을 때는 우연히 들어간 카페에 교도소 건물 모자이크가 크게 걸려 있기도 했었다. 저녁에는 특별한 이유로 갔다. 교도소 정류장 바로 앞에 치킨 배달 전문점이 있는데 그곳에서 저녁에 치킨을 한번 먹어 보고 싶어서였다. 포르투갈에는 매운 치킨인 'peri peri'가 유명한데도 이 치킨을 전문적으로 파는 곳을 찾기는 어려웠다. 포르투갈의 매운 치킨 맛은 1997년 런던에서 사진공부를 할 때 알게 되었다. 내가 살던 콜드하버 레인(Cold Harbor Lane) 거리에 포르투갈 치킨 전문점이 있었다. 런던에서 유일하게 매운 치킨을 저렴한 가격에 먹을 수 있는 곳이라서 자주 갔었다. 그 맛의 원조를 찾고 싶었다. 하지만 식당에는 온통 생선 요리뿐이었다. 물어물어 시내에 Bojardim이 매운 치킨을 한다고 해서 가 보았지만 내가 알던 맛은 아니었다. 배달 전문점 맛은 어떨지 궁금했던 것이다. 그렇다면 리스본의 매운맛은 어떨까? 고춧가루 없는 매운맛? 매운맛이 나기는 하는데 처음부터 맵지는 않다. 음식을 다 먹을 때쯤에야 매운맛이 난다. 우리나라에서 느끼는 매운맛은 아니지만 숙소가 근처라면 포장해 가서 먹을 수도 있다.

이스트레일러 공원 *(Jardim da Estrela)*

이스트레일러 공원 역시 꼭 가 봐야겠다는 야심 찬 계획 같은 것은 **111** 아예 없었다. 영국인 공동묘지에 갔는데 묘지 개방 시각이 오전 9시가 아닌 11시라서 마땅히 갈 데가 없었다. 무거운 카메라 가방을 들고 리스본 시내를 촬영할 생각도 없었다. 그렇게 무리하면 원래의 목적인 영국인 묘지 촬영을 못 할 테니까. 그렇게 실망하고 길을 건널 때 발견한 것이 이 이스트레일러 공원이다. 묘지 바로 앞에 있으니 기운을 낭비할 필요도 없다. 관광 안내 책자에도 이 공원에 대한 설명은 없다. 만일 영국인 공동묘지의 문이 열려 있었다면 나는 이 공원의 매력을 발견하지 못했을 것이다. 여행 일정이 바뀌었다고 투덜대거나 화낼 필요가 없다. 막힌 길에서 되돌아서면 다른 갈래의 길이 여럿 있으니까.

이 공원은 한마디로 생활 밀착형이다. 누군가의 치적을 기념하기 위해 거대하게 만들어지는 공원도 좋지만, 일상생활을 하며 가끔 시간이

날 때 들러서 안정과 휴식을 취할 수 있는 작은 공원이 사람들을 더 행복하게 해 준다고 생각한다.

공원은 1842년에 조성하였다고 하는데, 그 안에 심어 놓은 배니언 나무를 보고 이 나무는 어디서 왔을까 하는 생각을 했다. 포르투갈이 식민지로 지배했던 인도의 고아에서 왔을까? 이 나무는 힌두교에서 시바신을 상징하기에 인도 어디에서나 쉽게 볼 수 있는 나무였다. 그런 나무를 리스본 한복판에서 본 것이다. 개원 당시 어린나무를 심지는 않았을 테니 수령이 200년은 족히 넘을 것으로 추정된다. 이렇게 거대한 나무를 보고 그냥 지나치면 아쉬움이 클 것이다. 많은 것을 보고 싶어 빡빡하게 세운 여정을 잠시 뒤로한 채 시간의 위대함을 간직한 나무 밑에서 걷고 또 걸었다. 그렇게 한참을 걷고 나서 고생한 두 발을 위해 신발을 벗고 잠시 휴식을 취하는 것도 좋다. 이렇게 200년 동안 건장하게 한자리에 있는 나무와 달리 인간은 그 절반도 살지 못한다고 생각하니 새삼 더 나무의 영혼에 경의를 표해야겠다는 마음이 들었다.

배니언 나무가 압도하는 크기로 감동을 주었다면 미소가 절도 지어져 감탄사를 유발하며 보자마자 스마트폰을 꺼내 사진을 찍을 수밖에 없는 예쁜 꽃나무를 발견했다. 내가 리스본을 방문했던 1월은 겨울이었다. 꽃이라는 것은 찾아볼 수 없는데 유난히 아름답게 피어 있는 이 나무를 보고 신기해하지 않을 수 없었다. 마치 수국이 커다란 나무에 주렁주렁 매달려 있는 형상이었다. 꽃의 이름은 돔베야 발리키이. 처음에는 이 꽃 이름을 알지 못했다. 이름 같은 것은 중요하지 않다고 블로그에 쓰기까지 했었다. 그러나 너무너무 사랑하면 상대방의 모든 것을 알고 싶어 하는 것이 인간의 본능. 이 꽃의 이름이 뭘까 하고 항상 머릿

속에서 생각하고 있다가 아주다 식물원에서 그 해답을 찾아내고는 얼마나 기뻤는지 모른다. 이름을 알면 이 꽃의 원산지며 습성이며 여러 가지 다양한 정보를 얻을 수 있으니까 말이다. 영어로는 'Pink Ball'이라고 하고, 열대수국이라고 부르기도 한다. 그렇다면 이 꽃을 우리나라에 심으면 뭐라고 부를까. 생김새와 너무나 어울리지 않는 이상한 이름의 꽃을 많이 들었던 터라 이 꽃에 딱 어울리는 이름을 지어보고 싶었지만 작명 감각이 없어서인지 여전히 아무런 생각이 나지 않는다.

이 공원의 백미는 단연 카페다. 청둥오리보다 훨씬 큰 몸으로 뒤뚱거리며 걷는 거위의 모습, 개와 산책하는 사람들의 여유로운 발걸음을 보며 오렌지 주스를 마셨다. 의외로 커피를 못 마시는 사람을 종종 보게 되는데 그럴 경우에도 문제는 없다. 리스본에서는 어디를 가더라도 그 자리에서 신선한 오렌지 주스를 마실 수 있기 때문이다. 오렌지 주스를 짜는 기계가 설치되어 있어 주스가 나오는 과정까지 다 볼 수 있다. 카페는 삶의 질을 결정해 주는 중요한 요소다. 그 크기는 크게 상관이 없다. 바르셀로나의 작은 광장처럼, 런던의 스퀘어처럼 작으면 작은 대로 주민과 여행자들에게 쉼터가 되어 준다.

수도박물관 *(Aqueducto Das Aguas Livres)*

수도박물관은 관광지에서 좀 떨어져 있지만 한 번쯤 가볼 만한 곳이다. 742번 버스를 타고 가면 10분 정도 골목을 걸어가야 하는데 한적한 주택가를 걷다 보면 리스본의 또 다른 모습을 만나게 되어 좋다. 단독주택 마당에 심어 놓은 오렌지, 레몬트리를 볼 수도 있고, 골목 안을 자유롭게 활보하는 고양이들을 만나 사진을 찍을 수도 있다.

도시가 형성되는 데 가장 중요한 요소는 물이다. 세계 문명 발상지는 모두 강변에 있고 현재 지구상의 대도시라고 일컬어지는 곳 대부분이 커다란 강을 끼고 있다. 그러나 물이 귀한 곳에 자리 잡은 도시는 어디에선가 물을 끌어와야 했다. 대표적인 도시가 고대 로마다.

리스본도 물 부족을 수로를 건설해서 해결했다. 그런데 수로의 규모가 어마어마하다. 가장 큰 아치가 65미터에 달한다. 현재의 토목기술로도 가능할 것 같지 않은 규모다. 아파트 한 개 층이 대략 3미터이니

멋진 풍경에 매혹되어 수로를 걷다보니 이미 너무 멀리 와 버렸다.

20층이 훨씬 넘는 높이다. 이것만 봐도 18세기 포르투갈의 건설 기술과 재정 규모가 얼마나 대단했는지 짐작할 수가 있다. 1731년에서 건설하기 시작해 1748년 미완성인 채로 물을 공급하기 시작했다. 게다가 1755년 리스본 시내가 거의 파괴된 대지진에서도 살아남았다.

이처럼 거대한 건축물에 숨겨진 무서운 이야기가 있다. 'Pancada'라는 닉네임으로 불린 연쇄살인마의 범죄가 이곳에서 일어났다고 한다. 살인자의 이름은 Diogo Alves. 1836년부터 1839년까지 76명을 죽였다고 한다. 이 수도 박물관에서 모든 살인이 벌어졌기에 그의 사건은 '수도 박물관의 살인(The Assassin of the Aguas)'으로 유명하다. 1841

년 2월 19일 사형이 집행되었고, 그의 잔인한 범죄가 어떻게 가능했는지 연구할 목적으로 포르말린 용액에 그의 머리만 보관하기로 했다고 한다. 현재 리스본 의대에 가면 그의 얼굴을 볼 수 있다고 하는데 굳이 가서 보고 싶은 마음은 없었다. 그런 잔인한 전설이 내려올 만큼 수도 박물관은 독특하다. 수도박물관에 가면 알칸타라 계곡 위에 자리 잡은 941미터가량의 수로를 직접 걸어 볼 수 있다. 이곳이 관광지에서 좀 떨어져 있어 구경하러 온 사람은 나밖에 없었다. 수로 중간쯤까지 혼자 걸어서 가다 보니 어느덧 수로에서 제일 높은 지점에 도착했다. 너무나 멋진 풍경에 감탄하며 사진을 찍었다. 흥분을 누르고 이곳저곳 사진을 찍었는데 어느 순간 속이 울렁거리기 시작했다. 바이킹도 못 타는 내가 너무 높은 곳에서 아찔한 풍경을 계속해서 본 것이 멀미를 일으킨 것 같았다. 아무리 생각해도 수도관 끝까지 갈 수 없을 것 같아 중간에 돌아왔다.

　　그날은 숙소에 돌아와서도 뱃멀미하듯 어지럽고 속이 메스껍기까지 했다. 고소공포증이 있는 사람이라면 너무 아찔해서 멀미가 날 수도 있다. 007 영화를 찍기에 안성맞춤이라는 좀 황당한 생각이 들었다. 그러나 그 위에서 본 세상은 여전히 내 뇌리에 남아 있다. 굳이 사진으로 저장하지 않아도 그 광경은 잊히지 않을 것이다. 여행 가서 사진을 너무 많이 찍어 돌아와서 그곳이 어디인지 도통 기억이 나지 않을 때가 있다. 그러나 이곳은 다르다. 아마 다른 수많은 교회와 성당은 잊혀도 이곳은 오래오래 마음에 남아 있을 것이다. 자연의 힘도 대단하지만 인간도 이에 못지않다고 생각했다. 인간도 필요하다면 못 할 게 없는 것이다.

LX Factory 안에 있는 책방,
레 지바가르 *(Ler Devagar)*

'레 지바가르'는 LX Factory 안에 있는 책방 이름으로, 그 뜻은 '천천히 읽기'이다. 속도가 생명인 21세기에 어울리지 않는 이름이다. 하지만 반대로 빨리 읽어야 하는 세상에서 천천히 읽으며 독서의 즐거움을 느낄 수 있다면 그 또한 힐링의 한 방법이다.

해외여행을 가면 늘 그 도시의 책방에 가 본다. 역사가 깊은 책방이든 현대적인 책방이든 책방 안에 막 들어섰을 때 벅차오르는 충만함이 좋아서 그렇다. 정확한 이유는 나도 모르겠지만 책방 문을 열고 책방 전체를 한번 훑어보는 것만으로도 여행의 목적을 다 이룬 것 같아서 기분이 좋아진다.

리스본의 버트란드 서점은 1732년에 문을 열어 세상에서 가장 오래된 책방으로 기네스북에 오르기도 했다. 그런 역사적인 서점에 비해 레 지바가르 서점은 최근에 가장 주목받는 서점이다. 우리나라 성수동 같은 느낌이다. 1864년에 세워진 대형 직물공장 안에 자리 잡고 있어서 인지 모르겠다. 서점 안에는 그때 사용하던 기계가 그대로 있다. 공장 건물답게 천장이 높아 개방감이 아주 좋다. 천장에 매달린 자전거 타는 조형물은 인증샷의 상징이 되었다. 책방에 들어오는 순간 카메라로 그 장면을 찍을 수밖에 없다.

　그런데 한 가지 아쉬운 점이 있다. 책방을 구경만 하고 그냥 빈손으로 나온 것이 미안했다. 그들이 애써 가꾼 공간에 들어가서 나는 이곳 저곳 사진만 찍고 그냥 나온 것이 예의가 아닌 것 같았다. 일반 상점에 들어가서 한 바퀴 돌아보고, 물건을 사지 않아도 별다른 생각이 없는데 이상하게도 책방에서는 뭔가를 사 줘야 할 것만 같았다. 그 공간이 오래도록 남아 있기를 바라는 마음에서 그런 마음이 든 것이다. 그래서 그 다음에 간 서점에서는 무조건 마음에 드는 물건을 하나라도 사려고 노력했다. 그래야 책방을 나서는 내 발걸음이 가볍고 내 마음이 흐뭇해진다. 이곳은 식사시간에 오면 좋을 것이다. 점심이든 저녁이든 관광지의 부산함에서 벗어나 동네 산책하듯 이곳저곳을 둘러보며 밥을 먹고 구경하기에 제격이다. 벨렝탑 가는 길에 있어 동선을 짜는 데도 좋다.

아주다 궁전과 아주다 식물원

(Palacio da Ajuda & Ajuda Botanical Garden)

아주다 궁전은 742번 버스의 종점에 있는 거나 마찬가지다. 아주다 궁전까지 가는 길은 버스를 타고 있어도 험난하게만 여겨진다. 리스본은 다른 유럽의 유명한 도시와 달리 언덕이 많다. 언덕이 너무 가팔라 꼭대기까지 걸어가는 데 힘이 든다. 그래서 트램도 발달했다.

처음 아주다 궁전을 찾아가던 날이 기억난다. 인도에서 살다가 우리나라로 들어와 정착한 송도는 바둑판처럼 일정한 도로망을 갖추고 있어서 운전하는 데 전혀 어려움이 없었다. 언덕길을 단 한 번도 운전해본 적이 없는 나는 경사면이 다른 곳보다 유난히 가파르면 겁부터 났었다. 그런 내게 리스본의 좁은 언덕길은 마의 코스였다. 내가 운전을 하지 않았는데도 긴장을 늦출 수가 없었다. 구불구불 2차선 도로 위에서 다닥다닥 붙어 있는 건물 사이를 요리조리 피해 운전하는 기사를 보며 정말 진정한 전문가라고 말해주고 싶었다. 한마디로 그냥 운전이 아니라 곡예운전을 하고 있다는 생각이 들었다. 내가 머물던 숙소에서 시내 곳곳을 통과해 언덕 꼭대기에 있는 아주다 궁전까지 가는 길은 그 자체가 그 어떤 관광버스를 타고 도시를 여행하는 것보다 흥미진진했다.

이곳이 설립된 계기를 보면 리스본의 아픈 역사를 알 수 있다. 1755년 11월 1일, 리스본에 대지진이 일어나 석조 건물이 무너지는 등 도시 전체가 파괴되었고, 이에 놀란 국왕 조지 1세는 아주다 언덕에 목조 주택을 짓고 살았다고 한다. 대지진으로 리스본의 인구 27만 명 중 9만 명이 사망했다고 하니 세상의 종말이 왔다고 느낄 정도로 대재앙이었을 것이다. 살아남은 자의 고통은 이루 말할 수 없을 것이었다. 왕은

모든 부귀 영화를 뒤로 하고 한 장의 사진으로 남은 왕실 사람들.

비록 대지진에서 살아남았어도 트라우마를 극복하기 어려웠을 것이다. 왕이 죽고 나서 이곳에 궁전이 지어졌다. 조지 1세가 그토록 무서워했던 석조 건물이 웅장하게 들어선 것이다. 이것이 바로 아주다 궁전이다. 이곳은 높은 구릉지대에 자리 잡고 있어 경치는 정말로 황홀할 정도로 아름답다. 이 궁전을 두고 리스본의 유명한 시인이자 작가인 페소아는 이렇게 말했다.

"아주다 궁전은 건축학적으로는 중요한 것이 없는 빌딩이지만, 볼 만한 가치는 있다."

이 말이 딱 들어맞는다. 리스본 시내에는 워낙 유명한 건축물이 많아 건물 자체만 놓고 보면 특별할 게 없다. 그러나 실내에 들어가면 이야기는 달라진다. 궁전 내부는 왕실 가족이 살던 모습이 그대로 보존되어 있다. 그들이 사용하던 그릇, 악기, 가구, 사진 등등 모든 방이 원래 살던 사람들의 물건으로 가득 차 있다. 왕족의 일상을 한눈에 볼 수 있어서 흥미롭다. 눈으로만 담아 올 수밖에 없는 곳들에 비해 이곳은 사진 촬영이 허용되어서 즐거움도 컸다.

여행을 가면 식물원과 동물원을 다 구경할 시간이 없을 때가 많다. 나는 식물원과 동물원 중 어디를 갈 것인가를 결정해야 한다면 무조건 식물원이다. 아주다 식물원은 리스본 식물원보다 규모는 작아도 볼 것이 많았다. 유명 관광지가 아니어서 찾아오는 사람도 별로 없다. 그 넓은 공원을 전세 낸 듯 다니고, 화려한 오색 깃발 공작새들과 놀기도 하였다. 내가 그렇게 궁금해했던 수국나무 꽃 이름도 이곳에서 알게 되었다. 이스트레일러 공원에서 본 것과 똑같은 꽃나무 아래에 팻말이 꽂힌 것을 보고 금광이라도 발견한 듯 흥분했었다.

이곳은 1768년 아주다 궁전의 한 부분으로 왕족들의 놀이터로 개원했다. 3.8헥타르의 넓은 대지 위에 그 당시 포르투갈의 식민지였던 아시아, 브라질, 아프리카 등지에서 서식하는 특이한 열대식물과 나무를 들여오고 5,000종이 넘은 식물 표본을 수집해 식물원을 꾸밀 수 있었다. 1808년 프랑스의 나폴레옹 군대가 침입해 1,500여 종을 약탈해 갔지만 식물원은 여전히 포르투갈에서 가장 역사가 깊은 곳으로 명맥을 유지하고 있다.

내가 이곳을 방문했을 때는 식물원 내에 있는 건물이 보수 중이라서 관광객이 거의 없었다. 유모차를 끌고 오는 동네 주민 몇 명이 전부였다. 1층 계단 위에 올라 아래를 내려다보니 저 멀리 벨렝 타워와 '4월 25일의 다리'가 보일 만큼 전망이 탁월했다. 리스본 시내가 내 발밑에다 펼쳐져 있으니 내가 마치 왕족이라도 되어 이 넓은 공원을 홀로 감상하는 듯한 느낌이었다. 배니언 나무는 리스본 시내에서 본 것 중 가장 거대해 보였다. 자주색 짙은 꽃을 커다랗게 피운 바나나 나무 열매는 예전에 인도에서 살았을 때의 추억을 떠올리게 했다. 하얀 공작새를 비롯해 무지개색 공작새와 술래잡기도 하고, 주렁주렁 열린 레몬과 오렌지를 따 먹을까 고민도 해 보고, 꽃집에서나 볼 수 있는 극락조를 사진에 담아 보기도 했다.

03

슬픔과 그리움의
사 우 다 지

도시가

점점 어둠 속에서 깨어나는 시간에 나는 낯선 리스본 시내의 거리를 정처 없이 걸어 다녔다. 골목 어딘가에서는 언제나 노란 불빛이 따뜻하게 느껴지는 카페가 문을 활짝 열고 몽롱한 정신을 깨워 줄 커피 한잔을 그리워하는 사람들을 기다리고 있다. 카페 문을 열고 들어섰을 때는 '아, 오늘도 향긋한 커피 향에 취해 두고 온 일상을 잊어버리고, 새로운 아침을 맞이할 수 있겠구나!' 하는 안도감이 밀려왔다.

자유여행의 백미는 이렇게 아침마다 카페에 앉아 느긋하게 여행지의 일상을 즐기는 것이다. 내가 혼자 여행하며 가장 소중하게 여기는 것이 바로 아침에 카페에서 커피를 마시며 간단하게 식사를 해결하는 시간이다. 그래서 유명한 카페를 찾느라 머리 싸매고 인터넷을 검색하지 않는다. 바르셀로나에서도 그랬고 리스본에서도 마찬가지였다. 목적 없이 걷다가 눈길을 사로잡는 곳이 있으면 무작정 들어갔을 뿐이다. 그러면 동네에 따라 인테리어 분위기도 다르고 손님들의 모습도 제각각이라서 시민들의 일상을 좀 더 자세히 알 수가 있다.

그리고 '사우다지(Saudade)'를 느끼며 감상에 젖기도 한다. 카페에서 커피를 마시고 어느 정도 카페인이 뇌로 가기 시작하면 흥분과 동시에 알 수 없는 감정에 휩싸인다. 집에서 수천 킬로미터나 떨어진 외지에서는 나는 무엇을 찾으려 애쓰는지, 무슨 대단한 작품을 찍겠다고 사서 고생을 하는지, 집의 안락함을 포기한 채 춥고 불편한 숙소에서 손빨래를 해 가면서, 시차로 잠도 잘 못 자면서, 하루도 쉬지 않고 미친 듯이 작업하겠다고 애쓰는 나를 보며 연민의 감정이 들기도 한다.

포르투갈인의 대표적인 정서는 '사우다지'다. 고향을 떠나 향수병에 걸리는 것을 말한다고 한다. 뭔가 알 수 없는 슬픔과 그리움의 정서다. 포르투갈인에게 우리나라의 '한'의 정서와 비슷한 감성이 있다고 해서 깜짝 놀랐다. 지금까지 내가 알던 포르투갈은 남미와 아프리카, 아시아에 식민지를 건설하고 지배했던 유럽의 강소국이었는데 그런 슬픈 이민의 역사가 있는 줄은 몰랐다. 고향을 떠나야 했던 사람이 얼마나 많았으면 사우다지라는 말이 생겨났을까. 1890년부터 1900년까지 300만 명이 이민을 떠났고, 1974년 이전에도 혁명전으로 대탈출이 일어났다고 한다. 포르투갈 인구가 대략 1,000만 명 선에서 오르내리는 것을 보면 대탈출이라는 표현이 맞는다고 할 수 있다. 고향을 떠나는 사람들이 느꼈을 감정을 나도 잠시나마 느껴본다. 카페에 앉아서.

그렇다면 유럽에서 최초로 문을 연 카페가 어디일지 궁금해진다. 자료에 따라 연도가 조금씩 차이는 있지만 동서 무역의 중개지였던 이탈리아의 베네치아에 1647년 문을 연 카페가 최초였고, 1650년에는 영국의 런던에서 커피 하우스가 처음으로 문을 열었다. 가정집이 아닌 공공장소에서 술도 마시지 않은 맨정신으로 대화를 할 수 있는 장소는 많은 사람들에게 환영을 받아 1675년에는 런던 시내에 3,000여 개 카페가 생겨났다고 한다. 카페는 그 당시부터 계급을 떠나 누구나 평등하게 누릴 수 있는 오픈 공간이었던 것이다. 카페의 작은 테이블이 나의 거실이며, 책상이며, 휴식처가 되어 사고의 확장을 불러온다.

리스본에 있으면서 스무 군데도 넘게 카페를 다녔다. 그중에서도 가장 인상 깊은 몇 곳만 추려서 소개하고자 한다.

파스테리아 리도 *(Padaria Pastelaria)*

리스본에 온 지 나흘째 되는 날에 간 카페는 너무나 리스본적인 곳이었다. 아직 리스본 시내에 익숙하지 않은 때였다. 742번 버스를 타고 가다가 가장 먼저 문을 연 곳에 들어갔다. 아침 식사를 하는 사람 대부분이 연세 드신 분이었다. 나이 들어 직장에 갈 일도 없고, 보살펴줄 사람도 없어 다들 이렇게 동네 카페에 와서 끼니를 해결하나 보다. 그중에서 특히 한 어르신이 눈에 띄었다. 뇌졸중을 앓으셨는지 한쪽 손이 불편해 보였다. 지팡이를 짚고 10센티미터도 안 되는 가게 문턱을

힘겹게 넘어오셨다. 그 안쓰러운 모습에서 나의 미래 모습도 겹쳐 보였다. 지팡이를 짚고 걸어 다닐 힘만 있어도 굶어 죽지는 않겠구나 하는 서글픈 생각도 들었다. 나의 소원은 걸어서 편의점 갈 수 있을 때까지만 살고 싶다는 것이다. 두 발로 걸어서 최소한의 생을 영위할 수 있어야 한다는 생각이다. 물론 그것이 마음먹은 대로 되는 것은 아니지만 그렇게 살려고 노력한다는 것이 중요하다. 자식에게든 사회에든 폐 안 끼치고 생을 마무리하고자 하는 마음은 모든 사람의 희망사항일 것이다. 그래서인지 그 할아버지가 무사히 카페를 나서는 모습을 끝까지 지켜보았다. 내 시야에서 사라질 때까지 말이다.

리스본에는 65세 이상의 노인 비율이 22퍼센트나 된다. 파리가 16퍼센트이니 그 비율이 매우 높다. 선진국 대부분이 인구가 줄어드는 추세지만 유독 포르투갈이 심하다고 한다. 현재 포르투갈은 인구가 1,000만 명이 조금 넘는데 2030년 이후부터는 1,000만 명 미만으로 떨어질 것이라고 한다. 특히 버스를 탈 때마다 노인분이 정말 많다는 생각이 들어 숙소 주인에게 리스본의 노인 인구가 왜 그렇게 많은지 물어보았는데 다소 황당한 대답이 돌아왔다. 젊은이들이 애를 안 낳기도 하지만 게이나 레즈비언이 너무 많기 때문이라는 것이다. 믿거나 말거나 할 이야기지만, 노인 인구 증가는 세계적인 추세인가 보다.

도셀 레스토랑 *(Docel)*

리스본에서 작업한 지 8일째 되는 날 아침은 리스본의 성격을 어느 정도 파악했을 때였다. 시내 중심지로 나올수록 카페는 개성이 강하고 분위기가 좋다는 것을 알고 다시 시내로 진출했다. 동네 카페는 실내가 허름한 곳도 있지만 난방을 하지 않은 채 가게 문을 열어 두는 것이 문제였다. 리스본 날씨가 영하로 떨어질 만큼 춥지는 않지만 난방이 안 된 아침의 실내는 으슬으슬 춥게만 느껴졌다. 안 되겠다 싶어 시내 중심지에 있는 커다란 카페를 찾아보기로 한 것이다. 이곳은 내가 아침에 갔던 곳 중에서 최고라고 해도 과언이 아닐 것이다. 일단 실내가 따뜻했다. 웅크린 어깨가 절로 펴질 만큼 따뜻했고 분위기마저 좋았다.

그리고 중요한 사실을 알게 되었다. 지금까지는 매장에서 보이는 빵이나 과자류만 간단히 시켜서 커피와 함께 먹었는데 그 때문인지 늘 아침이 조금 부실한 느낌이 들었다. 너무 메마른 음식만 먹어서 소화에

추위와 허기진 배를 흡족하게 달래준 도셀 레스토랑.

문제가 생기기도 했다. 그런데 직원에게 메뉴판을 달라고 해서 그것을 보고 시키면 다양한 식사를 할 수 있다는 이점이 있었다. 빵 말고도 따뜻한 수프나 신선한 샐러드를 먹을 수 있다는 점이다. 이날 내가 시킨 에그베니딕트는 리스본에서 먹어 본 음식 중 최고의 아침 식사였다. 뻑뻑한 식사만 하다가 제대로 된 요리가 나왔을 때의 감동이랄까! 앞으로 돌아올 아침이 기대되었다. 아침마다 다양한 음식을 먹을 수 있다는 즐거운 상상과 더불어 리스본에서 건강하게 생존할 확률이 높아졌다는 사실에 흡족한 마음이 들었다.

제로니모스 카페 *(Jeronymo)*

사진가라는 직업 때문인지 사진으로 인테리어가 되어 있으면 유심히 보게 된다. 옷가게나 식당에 갔을 때 벽에 사진 몇 점이 걸려 있으면 그 장소가 특별해 보인다. 리스본 카페에서도 그런 경험을 했다. 카페 벽이 온통 사진액자로 꾸며져 있었다. 그래서인지 그곳에서 마시는 커피는 그냥 카페에서 마시는 것이 아니라 감각적인 친구 집 거실에서 여유롭게 마시는 것처럼 느껴졌다. 이렇게 분위기 좋은 곳을 그냥 지나칠 수가 없어서 셀프 포트레이트를 찍어 보기로 했다. 예전에는 혼자 여행을 할 때 나 자신을 거의 찍지 않았다. 그때는 물론 성능이 좋은 핸드폰도 나오지 않았고, 핫셀이나 캐논으로 셀카를 찍기도 쉽지 않았지만 가장 큰 이유는 사람이 많은 곳에서 요란하게 사진 찍는 것을 워낙 싫어해서 시도조차 하지 않았기 때문이다. 그런데 어느 순간 나이가 들면서 생각이 바뀌기 시작했다. 여행에서 돌아와서 사진을 정리할 때 그냥 풍경사진만 보니 뭔가 허전하고 재미가 없다고나 해야 할까? 또 아무리 내가 멋진 풍경사진을 찍었어도 그곳에 내가 존재했었다는 것을 증명하기 어려웠다. 그래서 최소한의 인증샷 정도는 찍을 필요가 있다는 생각이 들었고, 그런 사진은 책을 낼 때 프로필 사진으로 쓰기에 아주 좋았다. 유명한 사진가 신디 셔먼은 영화의 주인공처럼 분장하고 자화상을 찍어 자신을 대상화했다. 그러나 명색이 사진가인 나는 내가 나온 변변한 사진 한 장이 없었다. 사진가로서 직무를 유기한 셈이다. 그래서 최근에는 나만의 방식으로 내 존재를 증명하는 셀프 포트레이트를 찍기로 한 것이다. 방법은 간단했다. 손이나 셀카봉으로 찍으면 천편일률적인 각도만 나온다. 그래서 나는 타이머를 놓고 찍기로 했다. 특별한 도구도 필요 없다. 만일 삼각대를 놓고 찍는다면 그 또한 밋밋한 사진이 될 것이다. 그런 것을 방지하려면 주변의 물건을 적절히 활용하면 된다. 그러면 예상외로 아주 독특한 자화상이 나온다. 다행히 내가 카페에 갔던 시각은 사람이 많지 않은 이른 아침이라서 셀카 찍기에 좋았다.

베르사유 카페 *(Versailles)*

리스본에서 오래된 카페의 기준은 몇 년일까? 관광 안내 책자에 보면 1782년에 문을 연 Martinho Da Arcade로 200년도 훨씬 넘었다고 한다. 내가 마지막으로 갔던 카페는 1829년에 문을 열어 거의 200년이나 된 곳이었다. 그래서인지 리스본 카페나 레스토랑 입구에 'Since ○○○○'처럼 설립연도를 표시한 곳이 많다. 자신의 역사를 자랑스럽게 홍보하고 있는 것이다. 이렇게 카페 역사가 깊은 리스본에서 버스를 타고 지나가다 우연히 들른 이곳 역시 남부럽지 않은 오랜 역사가 숨어 있었다. 여기는 관광지가 아니어서인지 대놓고 자랑하는 간판이 없었다. 이름이 베르사유라는 것이 독특했다. 리스본에 있는 베르사유 카페, 서울에 있는 런던팝처럼 말이다.

100년이라는 시간의 의미는 어떤 것일까? 3·1운동이 일어난 1919년에 문을 연 카페가 지금도 종로 어딘가에 있다고 생각해 보면 이해가

문을 열면 과거의 시간 속으로 들어간다.

되려나. 그 시간의 연속성을 알고 있다면 얼마나 감동일까? 1912년도에 태어나신 우리 할아버지가 갔던 곳에 내가 다시 간다면? 끊이지 않는 거대한 역사의 흐름 속에 나도 흘러가고, 또 나의 아이가 자식을 낳아서 나를 추억하며 그곳을 방문한다면 그곳은 더는 단순한 카페가 아니라 모든 사람이 공유하는 역사의 현장일 것이다.

오래된 카페는 인테리어를 트렌드에 맞게 바꾸지 않는다. 카페 안의 커다란 괘종시계는 카페의 역사를 증명하는 증거이다. 다른 곳도 마찬가지였다. 그 카페의 고유한 특성이 그대로 남아 있다. 캄포 아우리크에 있었던 카페의 벽화도 처음 문을 열었을 때 그대로라고 했다.

감브리너스 레스토랑 *(Gambrinus)*

감브리너스는 카페가 아닌 식당이지만 꼭 소개해야 할 이유가 있다. 이곳에서 내가 너무나 좋아하는 사이폰 커피를 마셨기 때문이다. 내가 언제부터 커피를 좋아했는지는 정확히 기억이 나지 않지만 아마도 1993년 싱가포르에 살 때였던 것 같다. 물론 그전에는 학교 도서관이나 지하철에 널리고 널린 자판기 커피를 주로 마셨다. 취미나 기호식품이나 시작은 늘 단순하다. 나 역시 자판기 커피를 시작으로 점점 더 커피의 오묘한 세계로 빠져들면서 그 영역을 확장했으니 말이다. 미국 영화에 자주 등장하는 커피포트의 커피를 물처럼 마시기도 했고, 1990년대 초에는 원두커피의 바람이 불면서 원두커피를 즐겨 마셨다. 그러다가 분쇄된 원두커피에 만족하지 못하고 원두 분쇄기를 사서 직접 갈아서 마셔도 보았고, 이탈리아 비알레테 모카포트를 사서 마시기도 했었다. 2000년대 초반에는 사이폰 커피의 신비한 매력에 홀려서 15만 원

커피의 신세계를 경험하게 했던 사이폰 커피.

이라는 거금을 주고 사이폰 커피 세트를 샀었다. 정말 폼을 잡기에는 그만인 모양의 사이폰 커피는 맛도 환상이었다. 커피 속 카페인만 마시는 게 아니라 눈으로 그 번거로운 과정을 즐기며 마시게 된 것이다. 오감을 다 활용해 커피의 신세계를 즐기는 방식이었다. 그러나 사이폰 커피는 워낙 시간이 오래 걸리고 알코올과 심지를 매번 사야 하는 번거로움이 있어 오래가지 못하고 장식장 어딘가에 분해되어 있었고, 그 사이 태평양을 건너, 인도양을 건너 이사를 다닌 뒤로는 분해되었던 부품들을 조립할 수가 없게 되었다.

그렇게 잊고 있던 사이폰 커피의 추억을 이 감브리너스 식당에서 만

난 것이다. 감브리너스는 1936년에 문을 열어 80년이 넘은 유명한 레스토랑이었다. 그 실내 한쪽 면에 사이폰 기구가 진열된 것을 보고 마치 몇십 년간 못 본 고등학교 동창이라도 만난 것처럼 반가웠다. 사이폰 커피를 주문하고 웨이터가 와서 램프에 불을 붙이고 커피를 추출해 주는데 그 황홀감이란 이루 말할 수 없었다. 마치 이 커피를 맛보기 위해 리스본에 왔나 싶을 정도로 감동의 물결이 휘몰아쳐 왔다. 상투적인 표현이지만 나를 위해 누군가가 깜짝 선물을 준비해 준 것 같았다. 그날 나는 웨이터가 내려준 사이폰 커피를 다 마시는 만용을 부렸다. 오후에 진한 커피 석 잔을 연거푸 마셨으니 그날 밤은 한숨도 못 잤다. 그래도 전혀 피곤하지 않았다. 잠 안 오는 밤을 즐겼다. 어쩌면 처음이자 마지막으로 그렇게 우아하게, 행복하게 마실 수 있었으니 다 마셨다고 후회할 필요는 없었다.

　한국에서 흔히 사이폰(siphone) 커피로 알려진 퍼콜레이터 (percolater) 커피는 '액체를 거르다' 또는 '(삼투압 작용에 의해 액체 등이) 스며들다'는 의미의 'percolate'를 어원으로 한다는 점을 생각하면 쉽게 추출 원리를 이해할 수 있다. 퍼콜레이터는 아래위로 빨대(또는 사이폰)가 연결된 2개의 플라스크다. 이들 플라스크는 빈틈없이 밀착하여 진공 상태가 된다. 이 때문에 퍼콜레이터 커피를 배큐엄(vacuum: 진공) 커피라고 부르기도 한다. 물이 담긴 아래쪽 플라스크와 커피가루가 있는 위쪽 플라스크를 밀착해 연결한다. 라스크로 이동하여 커피가루와 접촉한다. 부글거리며 끓는 커피를 대나무 주걱이나 막대로 저어준다. 커피에 허연 거품이 일 때쯤 불을 끄면 아래쪽 플라스크의 기압이 내려가고, 커피는 아래쪽 플라스크로 이동한다. 아래쪽 플라스크를 분리해 잔에 커피를 따르면 된다.

〔네이버 지식백과〕 퍼콜레이터 커피 (커피 이야기, 2004. 5. 15., 김성윤)

베라루드 미술관 카페(*Este Oeste*)

나는 미술관이나 박물관에 갈 때면 커피를 마시러 가는 것인지, 전시 작품을 보러 가는 것인지 헷갈릴 때가 있다. 이런 습관은 1997년 런던에서 사진을 공부할 때부터 생겼다. 몇 시간씩 사진 촬영을 하느라 무거운 카메라를 들고 걸어 다니다 보면 셔터를 누를 힘도 없을 때가 있다. 그때 카페에 들어가 카메라를 테이블 위에 내려놓는 순간 피곤이 함께 밀려온다. 그 피로감 속에서 마시는 커피 한잔은 '그래, 오늘도 열심히 촬영했어!'라고 누군가가 내 어깨를 톡톡 두드리며 '참 잘했어요'라는 스티커를 붙여 주는 것 같았다. 그래서인지 어느 순간 미술관의 전시물과 상관없이 카페에 자주 들르게 되었다.

이 베라루드 미술관도 마찬가지였다. 미술관 내부는 스쳐 지나듯 간단히 보고 카페에 앉아 인증샷을 찍으며 더 즐겁게 보냈다. 미술관이 자리한 위치가 워낙 좋아 어쩔 수 없었다. 1960년대 만들어진 리스본 발견탑(Padrão dos Descobrimentos)이 한눈에 들어오는 풍경에 감탄하며 늦은 점심을 즐겼다. 이곳은 역시 벨렝탑 근처에 있어 우연히 방문하게 되었다. 벨렝탑은 리스본에서 손꼽는 관광지의 하나지만 대중교통으로 가기에는 좀 어려운 면이 있었다.

거기서 버스를 타고 오는 길에 너무나 멋있는 건물이 있어서 무작정 내려 구경한 곳이 바로 이 미술관이었다. 한번 가보려고 계획을 세웠던 곳이긴 했지만 이렇게 우연히 가게 되어 더 인상적이었다.

보티카 카페 *(Botica do Café)*

이 카페는 겨우 20년밖에 안 된 동네 카페였다. 프레저스 공동묘지에 도착하기 한 정거장 전에 내리면 있는 곳이었다. 버스를 타고 지나가다가 창밖으로 보이는 카페 모습이 너무나 예뻐 14일째 되는 날 아침을 여기서 먹었다.

겨우 20년이라고 표현한 이유는 내가 이곳 카페가 문을 연 지 얼마나 되었느냐고 물었을 때 그곳 종업원의 대답이 이 카페는 얼마 되지 않았다고 말했기 때문이다. 처음에 난 얼마 되지 않았다는 말에 짧게는 3, 4년, 길어야 7, 8년쯤 되는 줄 알았다. 재차 물으니 그제야 약 20년쯤 되었다고 말했던 것이다. 보통 100년이 넘은 카페가 많은 리스본에서 20년이면 신생 카페나 마찬가지였다. 내가 원하는 일상의 행복은 이렇게 아늑한 카페에서 주말마다 여유롭게 아침을 먹는 것이다. 이곳에서 커피를 마시는 동안 초등학교 2~3학년쯤 되어 보이는 아이와 엄마가

같이 아침을 정말 간단하게 먹고 학교에 가는 모습을 볼 수 있었다.

　엄마와 함께 타르트를 먹던 아이가 나중에 커서 다시 자기가 낳은 아이와 함께 예전처럼 똑같이 아침을 먹을 수 있다면 세대 간의 단절은 없을 것이다. 동네에 하나쯤은 꼭 필요한 카페가 있어서 세월이 흘러 다시 찾았을 때도 예전 모습 그대로 있다면 얼마나 좋을까. 이렇게 동네 사람들이 부담 없이 아침을 해결할 수 있는 비결은 가격에도 있다. 커피가 0.75유로, 크루아상 샌드위치가 1.96유로, 합쳐서 2.70유로이니 한국 돈으로 4,000원이 채 안 된다. 이렇게 맛있는 커피가 단돈 천 원이다. 리스본에서 아침마다 행복했던 이유다. 그 가격에도 일회용 컵을 쓰는 데는 한 곳도 없었다. 뜨거운 도자기컵에 진한 크레마가 올려진 맛있는 커피가 매일 아침 나를 기다리고 있었다.

파다리아 포르투기즈 *(A Padaria Portuguesa)*

마지막 아침을 어디에서 먹을지 며칠 전부터 고민했었다. 첫 번째 안은 도셀 카페였다. 따뜻하고 아늑한 분위기에서 푸짐하게 아침을 먹고 힘내서 1박 2일이나 걸리는 서울에 무사히 도착하고 싶었다. 두 번째 안은 관광 안내 책자에 나온 유명한 카페에 가서 우아하게 커피를 마신 다음 주변을 돌아보고 오는 안이었다. 마지막 세 번째 안은 숙소에서 가장 가까운 산타루치아 전망대에 갔다가 그 근처 카페에 가 보는 것이었다. 리스본에 2주간 있으면서도 대표적인 관광지는 별로 가지 못해서 계획은 세 번째 안으로 낙찰. 마지막 날이니 부지런히 움직여 리스본을 최대한 많이 구경하기로 단단히 마음을 먹었다. 그래서 집에서 해도 안 뜬 컴컴한 새벽 6시에 출발하는 부지런을 떨었다. 역시 욕심이 과하면 탈이 나는 법. 6시 30분에 산타루치아 전망대에 가는 버스정류장에 도착했지만 밖은 여전히 어둑어둑해 가로등이 켜져 있고 지나다니

는 사람은 아무도 없었다. 캄캄한 좁은 골목길을 혼자 뚜벅뚜벅 걸어서
전망대까지 올라가는 것이 무섭게 느껴졌다. 결국 첫 번째 안으로 급하
게 수정해서 일단 버스를 탔다. 거기서 한 번에 도셀 카페에 가는 버스
는 없었기 때문에 갈아탈 예정이었다. 그런데 다시 계획을 변경했다.
버스 창가를 통해 문을 연 카페가 보였기 때문이다. 그리고 도셀 카페
로 가면 산타루치아 전망대에 가는 길이 너무 복잡해져 잘못하면 시간
상 못 갈 수도 있을 것 같았다.

　그래서 들어간 곳이 바로 이 카페다. 대지진 후에 리스본을 재건한
폼발 총리의 동상이 보이는 카페였다. 리스본의 마지막 아침을 먹기에
이보다 더 좋은 곳은 없을 것 같았다. 1755년 대지진과 해일에 철저히
무너진 리스본을 재건한 폼발 후작 덕분에 이렇게 멋진 리스본을 보고
가는 것이다.

세상이 죽음의 그림자로 가득 찼다

여기는 Campo Ourique. 내가 가장 자주 촬영하러 오던 공동묘지 앞 작은 광장에 있는 카페였지만 오늘 처음으로 이곳에 앉아서 상념에 잠겨 본다. 내일 리스본을 떠나지만 오늘이 여기 오는 마지막 날임을 안다. 앉아서 차분히 지난 보름간의 시간을 정리해 보고 있다. 리스본에 있는 공동묘지 네 곳을 다녔다.

여기는 트램 25번, 28번 종점이기도 하다.

젊은 연인들이 트램에서 내리는 듯한 연출로 사진을 찍고 있다.

젊다는 건 앞으로 닥쳐올 인생의 고통을 준비하는 시기다. 꽃길만 걸으리라는 황당한 이야기를 믿고 사랑하는 젊은 연인들. 꽃길만 있는 인생은 단연코 없다. 하지만 젊을 때는 그것이 있다고 믿을 수밖에.

사랑을 한다는 것은 고통스럽다는 이야기다.

사랑을 해서 행복한 건 순간이다. 고통의 긴 터널을 걸어가야 한다.

사랑이라고 쓰여 있는 예쁜 카드를 열어 보면 그곳에는 고통이라는 글자가 가득 담겨 있다.

사랑하지 않으면 아무런 고통도 없다. 내가 키우고 사랑했던 고양이의 죽음과 길고양이의 죽음이 같을 수 없는 것과 같다.

리스본을 사랑하게 돼서 다시 못 볼까 봐 고통스러운 것이다.

리스본이 그저 그런 여행지였다면 나는 홀가분하게 떠나겠지. 아무런 미련도 두지 않고, 카운터에 서서, 작은 에스프레소 컵에 담긴 커피 한잔을 가볍게 홀짝 마시고 카페 문을 나섰겠지. 지겹지만 안락한 서울의 일상을 그리워하면서.

리스본을 사랑하기 때문에 봄에 얼마나 화려한 꽃들이 피어날지 애틋한 마음으로 상상해 보고, 여름에 해질 것을 걱정하지 않고 마음껏 리스본 거리를 걸어 보고 싶은 생각에 가슴이 떨려 오는 것이다.

여기까지 써 놓고 나는 아쉬움을 남긴 채 리스본을 떠났다. 2020년 2월 1일 서울로 돌아오는 비행기 안에서 이미 세상이 죽음의 그림자로 덮여 가고 있음을 알게 되었다. 승무원들이 재난영화에서나 나올 법한 무시무시한 전문가용 마스크를 쓰고 있었다. 역병이 돌고 있었던 것이다. 이름하여 중국 우한에서 발생한 코로나바이러스가 인류를 전염병의 공포에 휩싸이게 하였다. 나는 포르투갈에서 1833년대 리스본을 덮쳤던 콜레라에 희생된 사람들의 무덤을 촬영하고 귀국하는데, 21세기에 다시 바이러스의 침공이 시작된 것이다.

187년 전 리스본 시민을 죽음의 공포로 몰아넣었던 콜레라가 지금은 바이러스로 대체되어 전 세계로 퍼져나가고 있다. 그 당시는 운송 수단이 발달하지 않아 몇 달씩 걸리는 배로 이동했기 때문에 주로 항구 위주의 도시에서 질병이 유행했지만 현재는 비행기라는 초고속 운송수단의 발달로 하루면 전 세계가 오염될 수도 있는 상황이다. 그래서 초기에 급속하게 전 지구적으로 퍼졌던 것이다. 문명이 발달하는 만큼 병균의 전파속도는 빨라진다.

리스본에서 돌아온 지 얼마 되지 않았을 때는 봄이 되고 여름이 오면 코로나의 악몽은 사라지려니 하고 대수롭지 않게 생각했었다. 그러나 모든 사람의 예상을 뒤엎고 코로나바이러스는 전 세계를 마비시켜 버렸다. 자가격리라는 말이 유행이 되었다. 사람들의 모든 일상은 한순간에 마비되었고 재난영화보다 더한 현실이 다가왔다.

기원전 384년에 태어난 아리스토텔레스는 "인간은 사회적 동물이다."라고 말했지만 그 말을 부정해야 하는 상황이 된 것이다. 전염병이 무서운 것은 사랑하는 사람을 의심하고 멀리해야 한다는 것이다. 사회적인 모든 활동을 멀리해야 살아남는 것이다. 사회적인 동물인 인간에게 사회적인 활동을 하지 말라는 것은 최악의 형벌이다. 다들 창살 없는 감옥에 갇혀 불안에 떨어야 하기 때문이다.

더 절망적인 것은 이 상황이 언제 끝날지 모른다는 것이다. 코로나바이러스의 크기는 80~100나노미터라고 한다. 당연히 육안으로는 보이지도 않는다. 공포영화에서 극한의 공포로 밀려오는 것은 눈에 보이지 않는 존재의 위협이다. 코로나바이러스를 무서워하는 이유가 바로 이것이다. 언제 어디서 누구한테 감염될지 전혀 알 수 없다는 사실이다. 대신 코로나바이러스는 인류에게 커다란 선물을 안겨 주기도 했다. "범사에 감사하라." 특별하지 않은 모든 일상이 선물이고 행복이었다는 사실을 모두가 한꺼번에 깨달을 수 있는 계기가 된 것이다. 이 글을

쓰는 지금 가장 소망하는 것이 있다면 평범한 일상의 회복이다. 언제 그날이 올 것인가.

사회적으로는 코로나바이러스 때문에 힘들었다면 개인적으로는 오십견으로 인해 일상이 고통스러웠다. 어깨가 아파서 밤에 한 시간마다 깨기도 하고, 옷을 갈아입을 때마다 어깨에 통증이 심해져 비명이 자동으로 나왔다. 원인은 여러 가지가 있겠지만 가장 큰 이유로 갑자기 무거운 카메라 가방을 메고 하루에 몇 시간씩 걷기도 하고, 기온이 서울처럼 춥지 않아 난방이 제대로 안 된 방에서 웅크리고 자서 그런 건 아닌지 추측해 볼 뿐이다. 정형외과에서 물리치료를 받으면 될 줄 알았던 어깨 통증은 시간이 지날수록 더 심해져, 체외 충격파도 소용없어 도수치료까지 받게 되었다. 도수치료라는 것이 말이 치료지 붙어 있는 근육을 떼어내는 게 목적이기에 고통은 가중되었다. 영화에서나 본 고문받는 사람의 심정을 이해할 것 같았다. 2월부터 시작된 코로나바이러스와 나의 오십견은 완치라는 게 되지 않았다. 12월인 지금도 전 세계에 코로나바이러스가 사라지지 않았으며 오히려 미국의 대통령인 트럼프와 그 부인까지 바이러스에 항복하고 말았다. 나의 어깨는 대부분 치료되어 더는 한밤중에 깨어나 고통으로 몸부림치지 않고, 옷 갈아입을 때마다 비명을 지르지 않아도 되었지만 여전히 손은 올라가지 않아 스스로 등 긁는 일은 할 수 없다.

나의 계획은 올해는 겨울에 리스본에 갔었으니, 가을에 인도에 가서 또 다른 작업을 하고, 내년 여름에는 리스본에 잠시 들렀다가 포르투갈의 제2의 도시인 포르투에 가서 다시 촬영을 하는 것이었다. 인도에 가는 것은 진작에 물 건너갔고, 내년에 포르투에는 갈 수 있을지 모르겠다. 과학의 발달 덕분에 19세기 사람들처럼 힘없이 병균에 항복하지 않고 여러 가지 대비책을 세우고 있으니 그 당시만큼 피해를 보지 않을 것이라는 믿음은 있지만 코로나바이러스는 인간의 예상보다 훨씬 강해서 그 기세는 수그러들지 않았다. 얼른 코로나바이러스를 물리칠 백신이 나와서 내년에 새로운 곳에 가서 레지던시를 할 수 있기를 기대해 본다.

기록과 예술 사이에서 도시를 기억하다

『리스본 15일의 자유』는 현새로가 지냈던 바르셀로나 이후 두 번째 도시에 대한 15일간의 기억이다. 미술 기획자인 내가 그를 처음 알게 된 것은 '사진작가 현새로'로 그의 첫 번째 사진전인『바르셀로나 15일의 자유』를 기획하면서였다. 아트스페이스 이색의 'The Good Artist'로 선정되어 2019년 여름부터 겨울까지 함께 사진전을 준비하였다. 전시는 동명의 타이틀인 그의 책을 중심으로 기획하였고, 아트 레지던시 프로젝트(성과), 바르셀로나 광장들(리서치), 15일간의 이야기(아카이브)로 구분하여 연출하였다. 작가의 작업세계를 연구하며 받았던 신선한 인상은 피사체를 대하는 시선으로, 곳곳의 광장에 있는 조형물의 일부분, 또는 타일 바닥에 올려진 과일의 연속된 이미지에서 발견할 수 있다. 이는 사진이 기록의 역할을 넘어 예술적인 가치, 즉 작가에게 독창적인 표현력을 지니게 하는 힘이 되어 준다.

이번 책에서도 '역시나'하는 감탄사가 이어졌다. 그가 기억하는 도시는 매일매일 카메라 렌즈를 통해 기록하는 사진만이 아니라 15일간의 낯선 이국땅에서 자신의 이야기를 솔직담백하게 뱉어내고 온다. 비로소 마지막 페이지를 끝냈을 때 리스본에서 사소하지만 특별한 해방을 쟁취한 그를 느끼게 된다. 오늘날 예술이라는 것이 작업의 결과물보다는 방식, 즉 작가의 고유한 내러티브에 가치를 두듯, 공동묘지에서 카페까지 작가만의 분명한 의도와 기록하는 방법은 리스본에 이르러 더욱 독창성을 견고히 하고 있음을 발견하게 한다.

책 한 페이지에는 오직 한 장의 사진만이 자리하고 있다. 풍경 사진이지만 공간의 전체 모습을 보여주는 신(Scene)은 얼마 없다. 하나의 나라를 손바닥 크기 안에 담아 볼 수 있는 구글(Google) 지도에서 시작된 공동묘지 프로젝트는 묘지의 십자가, 석상 등으로 옮겨간다. 프레임 안에는 제한적이지만 심사숙고하여 담은 공간 일부분이 전체를 대신한다. 작가는 원하는 장면을 찍기 위하여 인내한 시간을 설명하고 있다. 그뿐만이 아니다. 그 많은 기록물 중 한 장의 자리를 내어줄 수 있는 몇 신의 이미지를 고르고, 한 권으로 엮어내기는 결코 쉬운 일이 아니었을 것이다. 글 또한 그러하다. 방문자로서 리스본 곳곳의 공동묘지를 돌아본다는 것은 매우 낯선 방문일 텐데, 이에 대한 많은 정보를 담아두지 않는다. 계획을 두지 않고 발걸음을 이어갔던 작가의 모습처럼 닿는 곳마다 생각을 옮겨가는 솔직함이 있다.

15일간의 리스본이 맞는지 궁금할 정도로 도시의 많은 곳이 기록되어 있다. 그것이 가능한 이유는 책의 제목처럼 작업의 자유를 얻었기 때문이라고 한다.『리스본 15일의 자유』라는 제목 속의 자유는 그냥 자유여행을 의미하는 것이 아니었다. 일상에 매몰되어 작업에 많은 시간을 낼 수 없었던 작가에게 순수한 작업의 자유를 의미 하는 것이었다. 서울에서라면 몇 개월 걸릴 작업을 단 15일 동안 모든 열정을 쏟아부어 이른 새벽부터 저녁까지 오로지 작업만 했기에 가능한 것이었다. 마지막 챕터에 이르러 그가 좋아하는 커피 향 가득한 카페에 대한 방문기로 리스본 기억의 정점을 찍는다. 그리고 그 안에는 모자를 쓴 작가의 셀카(Selfie)가 '현새로, 리스본에 있었노라'라고 말해주고 있다. 세계적인 예술비평가인 세바스티안 스미(Sebastian Smee)는 "사진은 묘한 매력을 가진 정확성으로 낯섦과 아름다움을 기록하는 것"이라 말한다.(원문: "Photography is the recording of strangeness and beauty with beguiling precision.")

작가는 리스본에서의 시간을 자신만의 프레임 안에 담아 독창적인 내러티브로 리스본을 기록한다. 리스본의 기억은 그의 예술이 된다.

2021년 1월

최보경 | 학예사

JAZIGO DA FAMILIA BESSONE

현새로

1998년 9월 London College of Printing
Professional Photography Practice 졸업(1년 과정)

개인전
2019. 11. 바르셀로나, 15일의 자유, 아트스페이스 이색, 서울
2015. 5. 인도, 신화로 말하다, 류가헌갤러리, 서울
2014. 7. 인도, 사진으로 말하다, 아르떼22, 서울
2011. 11. 힌두사원프로젝트, 영아트갤러리, 서울
2006. 11. 앗제의 화분, Le Saint-Ex 프랑스 레스토랑
2003. 12. 여행! 신비한 공간이동, 카페 반
2001. 8. 색색형형, 하우아트 갤러리
1999. 12. 색깔 있는 도시 풍경, 사진 있는 마당

기획전
2018. 8. 인간과 자연, 아르떼22, 서울
2017. 3. Korean Style Week Art Fair, 코엑스, 서울
2015. 6. 파리, 그리고 서울, 감성교류전, 영아트갤러리, 서울
2014. 1. LA Art Show, Los Angeles Convention Center, 미국
2012. 9. 두 여자, 두 도시, 대구송아당갤러리, 대구
2012. 4. 포토페어 2012, 코엑스 Hall A.B, 서울
2012. 3. 영아트페스티벌, 예술의전당 한가람미술관, 서울
2007. 6. One Day, 관훈갤러리, 서울
2005. 1. 타인의 직접적인 삶. 숙명여자대학교 문신미술관 빛갤러리, 서울
2004. 5. 서울대학교 병원 아트프로젝트, 봄의 향기, 스타타워갤러리, 서울
2001. 11. 보물창고, 환갤러리, 대구

출판
2019. 『바르셀로나, 15일의 자유』, 도서출판 길나섬
2017. 『인문학적으로 혼자 놀기』, 도서출판 길나섬
2016. 『거기, 외로움을 두고 왔다』, 도서출판 길나섬
2015. 『인도, 신화로 말하다』, 도래출판사
2014. 『인도, 사진으로 말하다』, 도래출판사

Hyun, Sairo

September 1998 Professional Photography Practice (one-year course), London College of Printing, London, UK

Solo Exhibitions

November 2019 Barcelona, 15-Day Freedom, Art Space I:Saek, Seoul

May 2015 India Couched in Myths, Ryugaheon, Seoul

July 2014 India Couched in Photographs, Arte 22, Seoul

November 2011 Hindu Temple Project, Young Art Gallery, Seoul

November 2006 Atget's Flowerpots, Le Saint-Ex, Seoul

December 2003 Travel, Mysterious Spatial Movement, Cafe Van

August 2001 Various Colors, How Art Gallery

December 1999 Cityscape in Colors, Photo Yard

Selected Group Exhibitions

August 2018 Man and Nature, Arte 22, Seoul

March 2017 Korean Style Week Art Fair, COEX, Seoul

June 2015 Paris & Seoul, Exchanges of Sensibility, Young Art Gallery, Seoul

January 2014 LA Art Show, Los Angeles Convention Center, USA

September 2012 Two Women, Two Cities, Gallery Songadang, Daegu

April 2012 Photo Fair 2012, COEX A, B Hall, Seoul

March 2012 Young Art Festival, Seoul Arts Center Hangaram Art Museum, Seoul

June 2007 One Day, Kwanhoon Gallery, Seoul

January 2005 The Lives of Others, Sookmyung Women's University Moon Shin Museum Vit Gallery, Seoul

May 2004 Scent Evocative of Spring, Seoul National University Hospital Art Project, Star Tower Gallery, Seoul

November 2001 A Treasure House, Gallery Hwan, Daegu

www.facebook.com/gilnasum88

Lisbon, 15-Day Freedom

리스본
15일의 자유

초판 1쇄 인쇄 2021년 2월 1일
초판 1쇄 발행 2021년 2월 8일

펴낸이   현새로
책임편집   이용선
디자인   VORA design
인쇄   신아칼라

펴낸곳   길나섬
주소   서울시 서초구 반포대로 275
전화번호   02-599-3345
전자우편   gilnasumbooks@naver.com
출판등록   2014년 5월 8일 제2014-000009호

ISBN 979-11-973598-8-0 03810
값 28,000원